제리엠 게임판타지 장편소설
WISHBOOKS GAME FANTASY STORY

힐통령
태양의 사제

힐통령
태양의 사제 12

제리엠 게임판타지 장편소설

초판 1쇄 찍은 날 | 2019년 8월 23일
초판 1쇄 펴낸 날 | 2019년 8월 30일

지은이 | 제리엠
펴낸이 | 예경원

기획 | 위시북스
편집책임 | 이규재
편집 | 위시북스

펴낸곳 | 예원북스
등록번호 | 제396-2012-000132호
등록일자 | 2012. 7. 25
KFN | 제1-460호

주소 | 경기도 고양시 일산동구 호수로 646-24 위너스21Ⅱ빌딩 206A호 (우)10401
전화 | 031-819-9431 팩스 | 031-817-9432
E-mail | yewonbooks@naver.com

ⓒ제리엠, 2018

ISBN 979-11-365-0068-7 04810
     979-11-89450-74-8 (set)

제리엠 게임판타지 장편소설
WISHBOOKS GAME FANTASY STORY

힐링령 ⑫

태양의 사제

Wish
Books

CONTENTS

83장
베이스커 남작(2)

"흐흐흐흥."

베이스커 남작의 아침 일과는 간단했다. 일어나서 샤워하고, 머리를 말린 뒤 옷을 입는다. 그 뒤에는 개운한 마음으로 식당에 가서 밥을 먹고, 후식인 커피를 제 집무실에서 마신다. 아침 보고는 늘 그가 커피를 마실 때 이루어졌다.

"……마지막으로 어제 보고를 드렸던 모험가 신관이 영주의 저택에서 나와 산책을 하는 것이 목격되었습니다. 특이사항은 아니지만, 어제 관심을 가지시는 것 같아서요."

"흠. 그런가."

베이스커 남작은 카이가 멀쩡하다는 보고에도 웃는 낯을 지었다.

'카쿤 님은 순조롭게 성공하셨나보군.'

그가 웃는 이유는 간단했다. 바로 뮬딘 교의 제 16암살단의 단장인 카쿤을 절대적으로 신용했기 때문이다.

'카쿤님의 주특기는 다른 대상으로 변신을 하시는 것이지.'

그야말로 변신의 대가(大家)라고 할 정도로 그의 변신은 놀라운 수준이다. 특히 그 진가는 다른 사람의 모습을 흉내 낼 때 더욱 두드러졌다.

'후후. 파리로 변신했을 때의 카쿤님은 빛과 같은 속도를 얻게 되시지.'

눈에 잘 보이지도 않는 속도로 상대에게 접근한 뒤 처치한다. 그 가공스러운 암살법은 그를 빠른 시간 내에 뮬딘 교의 암살단장 중 하나로 만들어주었다.

물론 파리 상태일 때는 빛과 같은 속도를 얻는 대신, 방어력이 마이너스 수준까지 떨어진다는 사실은 베이스커 남작조차 알지 못하는 비밀이었다.

'그럼 대충 오늘쯤 병력을 몰고 가야겠군.'

카쿤 단장은 시간을 끄는 것을 굉장히 싫어했다. 이미 그와 손발을 맞춘 것도 여러 번. 베이스커 남작은 또 한밤중에 그의 방문을 받고 싶지 않았다.

'적당히 병력을 몰고 가서 영지를 내놓으라고 협박을 하면, 카쿤님이 양도해 주시겠지.'

"푸흐흐흐."

그야말로 정교하게 짜여진 사기 행각!

베이스커 남작은 또 하나의 영지를 소유하게 된다는 사실에 크게 기뻐했다.

'따지고 보면 나의 재산은 아니지만 말이지.'

영주는 엄연히 자신이지만, 퓰딘 교는 그런 식으로 획득한 영지를 자신들의 아지트로 삼았다. 베이스커 남작이 그런 식으로 갖다 바친 영지만 무려 두 개!

'아르칸 영지를 넘겨주면 벌써 세 개째로군.'

아쉬움에 입맛을 쩝 다시는 베이스커 남작이었지만, 어쩔 도리가 없었다. 퓰딘 교에게 반항을 하는 순간, 지금 쥐고 있는 것까지 몽땅 토해낸 뒤 죽임을 당할 테니까.

'사람은 만족하면서 살 줄 알아야 해.'

겸허한 마음으로 잔을 비운 남작이 바튼에게 명령했다.

"병사들을 집결시켜라. 아르칸 영지를 치러간다."

"예? 이렇게 갑자기 말입니까?"

바튼은 어제까지 조심스럽던 남작의 태도가 손바닥 뒤집듯 바뀌자, 놀란 표정을 지었다.

"후후. 준비하라면 준비해라."

"예에……."

바튼이 마지못해 대답하며 고개를 끄덕였다. 신기하게도 눈앞의 남자는, 영지전을 시작하면 패배하지 않았으니까.

"저게 다 뭡니까?"

"……저도 좀 당황스럽군요."

다 무너져가는 성벽 위에 서 있던 두 사람의 대화였다.

프레스콧은 정말 당황스러운 표정으로, 초원을 가르며 다가오는 군대를 쳐다봤다. 그는 군대가 들고 있는 깃발을 잠시 확인하더니, 짧은 탄성을 토해냈다.

"아! 깃발에 그려진 건 베이스커 남작 가문의 문양입니다. 설마 이토록 빨리 올 줄이야."

"베이스커 남작이라면, 아르칸 영지를 탐낸다는 그?"

"예. 며칠 전부터 말이 돌기는 했지만, 근원지가 파악되지 않아 단순한 소문인 줄 알았는데……."

프레스콧의 얼굴은 그 짧은 시간에 10년 더 늙은 듯 수척해 보였다.

그는 고개를 돌려, 신기하다는 표정으로 군대를 바라보는 카이의 옆모습을 쳐다봤다.

'새로운 주인을 모신 지 하루밖에 되지 않았거늘…….'

프레스콧은 카이가 그리 싫지 않았다. 아니, 어느 쪽이냐고 묻는다면 오히려 마음에 드는 편이었다. 젊지만 야망이 커 보이는 모험가 영주를 모시는 건, 제법 재미있는 나날이 될 것 같았으니까.

'하지만 그 꿈은 하루를 채 버티질 못하는구나.'

깊은 한숨을 내쉬는 프레스콧의 어깨를 카이가 토닥였다.

"한숨 쉬지 마세요. 왜 그리 울상이세요?"

"영주님은 걱정되지 않으십니까?"

"무슨 걱정이요?"

"그야……."

프레스콧은 걱정이라고는 눈곱만큼도 없는 눈앞의 영주를 바라보며 혼란에 빠졌다. 카이는 자신이 끓여준 차가 맛있다고, 찻잔 채로 들고나와 홀짝이는 중이었다.

곧 있으면 자신의 영지가 적들의 손에 넘어갈 지경인데 이 정도로 태평할 수 있다니.

'아, 혹시……?'

무언가를 떠올린 프레스콧이 입을 열었다.

"그야 베이스커 남작의 군대가 저리 몰려오고 있잖습니까. 반면에 저희 영지는 그들을 막아낼 그 어떤 병력도 없습니다. 아, 혹시 어젯밤 제가 유일한 병력이라고 말씀드린 걸 염두에 두고 계신다면…… 죄송합니다. 사실 전 태어나서 단 한 번도 싸워본 적이 없어서 큰 전력이 되지는 못할 겁니다. 물론 영주님이 싸우신다면 곁은 지켜 드리겠지만……."

횡설수설 말을 내뱉는 프레스콧.

그의 말을 듣던 카이가 돌연 웃음을 터뜨렸다.

"하하하하하!"

"……왜 웃으십니까?"

이런 상황에서 박장대소라니.

프레스콧이 잔뜩 진지한 목소리로 묻자, 카이가 글썽거리는 눈물을 닦아내며 말했다.

"그러고 보니 전 프레스콧에 대해 이것저것 많이 물었는데. 프레스콧은 그러질 않았네요."

"저는 영지의 주인을 따를 뿐. 그가 누구인지는 중요하지 않습니다."

"그래도 제가 어디서 뭘 하던 사람인지 정도는 알아야 하지 않겠어요?"

장난스럽게 웃어 보인 카이가 말을 이었다.

"따지고 보면 노약자신데, 심장에 무리 안 가게 조심히 지켜보세요. 아, 이것 좀 들어주시고요."

카이는 자신이 홀짝이던 찻잔을 프레스콧에게 넘겼다.

멍한 표정으로 이를 받아 든 프레스콧이 카이를 쳐다봤다.

"차가 식기 전에 돌아오겠습니다."

그 말을 남긴 채, 카이는 당당하게 적을 향해 걸어갔다.

"전군, 정지."

베이스커 남작의 카리스마 넘치는 목소리가 초원에 묵직하게 내리깔렸다. 그러자 그의 군대는 건전지가 다 된 기계마냥 우뚝 움직임을 멈췄다. 일개 남작이 휘하로 데리고 있다고는 믿을 수 없을 정도로 잘 훈련된 병사들이었다.

　'저기 오시는군.'

　베이스커 남작은 자신에게 다가오는 모험가 사제. 그러니까 그를 흉내 내고 있을 카쿤을 쳐다보며 살짝 웃었다.

　'후후, 이제 적당히 시비를 걸면 받아주시겠지.'

　카쿤과는 손발을 한두 번 맞춰본 사이가 아니었다.

　척하면 척, 알아차려야 하는 사이.

　베이스커 남작이 말 고삐를 흔들며 앞으로 나갔다.

　"난 베이스커 남작령의 영주, 베이스커 다론이다."

　"카이."

　"흠흠. 우리가 이곳에 왜 왔는지는 잘 알겠지?"

　"흐음."

　팔짱을 낀 채 뚱한 표정을 한 카이가 고개를 끄덕였다.

　"우르르 몰려온 걸 보니 영지전?"

　"푸흐흐. 질 아는구나."

　베이스커 남작은 말을 놓는 와중에도 남들 몰래 윙크를 보냈다. 그럴수록 카이의 표정은 점점 더 굳어져만 갔다.

　'이 녀석, 뭐 하는 놈이지?'

영지전을 신청하러 온 주제에 살갑게 웃지를 않나, 윙크를 보내지를 않나. 자신의 상식으로는 도무지 이해가 가질 않는 녀석이었다.

'일단 정상은 아닌 것 같아.'

고개를 절레절레 흔든 카이가 입을 열었다.

"영지전은 받아들이겠어. 방식은?"

"흐음. 길게 끌 필요는 없겠지. 깔끔하게 대장전 어떤가."

대장전은 영지전의 방식 중 하나였다. 각각 세 명의 기사를 내보내 상대편을 모두 쓰러뜨리는 쪽이 승리하는 방식.

"깔끔하니 좋네. 그걸로 할게."

"크흠. 아, 알겠다."

카이의 자연스러운 하대에도 베이스커 남작은 별다른 반항을 할 수 없었다. 다만, 의구심을 드러낼 뿐.

'카쿤 님의 연기력이 왜 이렇게 줄어드셨지?'

본래라면 역할에 걸맞게 자신에게 존대를 했어야 했다.

하지만 이토록 자연스러운 하대를 하시다니.

'아무래도 오늘 컨디션이 별로 안 좋으신 모양이군.'

심기를 거스를 만한 일은 최대한 줄이자고 생각한 남작이 손짓했다. 그러자 휘하의 기사들 중에서 실력이 가장 뛰어난 이들 세 명이 튀어나왔다.

'후후. 사실 이것도 웃기는 일이지.'

자신의 기사들은 모두 뮬딘 교에서 지원해 준 암흑 기사들이다. 일반적인 기사라면 열 명이 붙어도 승리를 장담할 수 없는 괴물들이라는 소리다.

"음?"

　대장전의 무대를 마련하기 위해 아군을 물리던 남작이 무언가를 발견하고는 바튼에게 물었다.

"저기 저쪽에 사람…… 아니, 모험가들이 왜 저리 많이 모여 있는 것이지?"

"그, 글쎄요. 아무래도 영지전을 한다고 하니 구경을 나온 것 아닐까요?"

"후후. 그렇다면 저들을 통해 오늘 일이 널리 퍼지겠군."

"베이스커 남작님의 이름이 대륙에 널리 퍼질 것입니다."

　어깨를 당당하게 펴는 베이스커 남작.

　물론, 그를 쳐다보는 유저들의 생각은 전혀 달랐다.

"아하. 미친놈은 저렇게 생긴 거구나."

"언노운한테 영지전을 신청하는 머저리가 있다길래 궁금해서 와보기는 했는데……."

"전면전도 아니고 대장전이라고? 뭔 일이래?"

　그저 베이스커 남작의 그릇된 선택에 애도를 표할 뿐.

[아르칸 영지와 베이스커 영지간의 영지전이 성사되었습니다.]

[영지전 스타일은 '대장전'. 상대방 영지의 기사 세 명을 모두 쓰러뜨린 쪽의 승리입니다.]

[영지전에서 승리할 시 상대방 영지에 대한 모든 소유권을 양도받습니다.]

우드득, 우드득.

카이가 가볍게 목을 돌렸다. 찌뿌둥하던 뼈가 제자리를 찾아 돌아가는 느낌이었다.

'음. 검을 쥐는 것도 제법 오랜만인가.'

사실 따지고 보면 굉장히 오래되지는 않았다. 기껏해야 일주일 정도.

하지만 최근 몇 달 동안은 게임에 접속했다 하면 검을 휘두르는 것이 일상이었다. 그 때문인지 지난 일주일의 공백은 제법 길게 다가왔다.

'상대편 기사들의 레벨은…….'

카이의 시선이 그들의 머리 위로 향했다.

[베이스커 영지의 암흑 기사 LV. 352]

[베이스커 영지의 암흑 기사 LV. 348]

[베이스커 영지의 암흑 기사 LV. 355]

'일반 기사에 저런 클래스도 있었나.'

고개가 절로 갸웃거려지는 이름들이다. 하지만 자신이 크게 신경 쓸 바는 아니다.

'강해 봤자 350레벨이지.'

이미 자신의 레벨은 400을 넘긴 상태다.

게임에는 레벨이 깡패라는 말이 있다. 그 말은 사실이었다. 이미 50레벨이 넘는 격차가 만들어내는 스탯 차이는 압도적이니까.

하물며 카이는 태양의 사제. 수많은 선행 스탯과 스페셜 칭호로 능력치들을 몇 배나 뻥튀기시켜 놓았다.

"대장전은 본래 한 명씩 돌아가면서 하는 겁니까?"

카이의 질문에 암흑 기사들이 서로의 얼굴을 쳐다봤다.

그들은 심각한 표정으로 무언가를 속삭이더니, 우르르 몰려왔다.

"당신, 정말로 카쿤 님이 맞으십니까?"

"응?"

그들의 질문에 카이가 눈을 깜빡였다.

'카쿤? 그게 뭔데.'

어디선가 본 듯한 이름이기는 한데…….

카이가 고개를 갸웃거리자, 암흑 기사들이 일제히 검을 뽑아 들었다.

"역시 그렇군. 네놈은 카쿤 님이 아니다."

"감히 그분의 행세를 하다니!"

"교의 신성력이 느껴지지 않을 때부터 이상하다 생각했거늘……."

영문 모를 소리만 늘어놓던 기사들이 동시에 바닥을 박차며 달려왔다.

"네놈을 눕혀놓고 그분의 행방을 묻겠다!"

"무슨 말을 하는 건지는 모르겠지만……."

눈살을 찌푸린 카이에게서 사룡의 기운이 흘러나왔다.

드래곤 피어!

상대 기사들의 움직임을 찰나지만 굼떠졌다.

"교를 운운하는 거 보니 뮬딘 교 같은데. 사람 잘못 찾아왔다."

카이의 몸이 전광석화처럼 움직이기 시작했다.

[질풍신의 가호가 함께하고 있습니다.]

[질풍 목격자의 효과로 모든 속도가 50% 상승합니다.]

[방랑신의 가호가 함께하고 있습니다.]

[방랑 목격자의 효과로 스킬 숙련도 성장률이 50% 상승합니다.]

…….

카이는 얼마 전까지만 해도 스탯이 굉장히 높은 플레이어였다. 따지고 보면 직업이나 장비한 아이템들도 대단했지만, 강력함의 뿌리는 결국 스탯이었다.

하지만 이제는 스탯'도' 높은 플레이어가 되어버렸다.

'여러 신들을 만나고 얻은 목격자 칭호.'

이 세상에서 오직 카이만이 지니고 있는 사기적인 스페셜 칭호들. 이것들을 쥐고 있는 이상, 카이의 움직임을 따라잡을 수 있는 이는 몇 없을 것이다.

까드드드득!

침묵과 냉기의 롱소드가 기사 하나의 가슴팍을 그대로 꿰뚫었다. 그 행위에는 어떠한 전문적인 기술이 가미되어 있지 않았다. 그저 압도적인 힘이 이뤄낸 성과일 뿐.

"커어억……!"

"세 명이나 있으니까, 두 명은 필요 없겠지?"

카이는 전투에만 돌입하면 손속이 매워졌고, 행동에는 거침이 없어지는 편이다. 그것은 상대가 뮬딘 교 소속의 인물이라면 더더욱 그랬다.

후우우우웅!

두 명의 기사기 등 뒤에서 휘두른 공격을 그는 돌아보지도 않고 피해냈다.

'왼쪽 어깨, 오른쪽 옆구리.'

단순히 소리만을 듣고 어디를, 어떻게 노리는지 읽어내는 경지.

'일주일 쉬었다고 감이 죽지는 않는구나.'

스스로의 대견함에 뿌듯한 미소를 흘린 카이가 자세를 두 자루의 검을 피해냈다.

동시에 휘둘러지는 발.

콰드득!

발은 정확히 기사의 가슴팍에 꽂혀 있던 롱소드.

그 손잡이의 끝을 걷어찼다. 당연하지만 기사의 입에서는 폐부에서부터 끌어올린 듯한 고통 어린 신음이 흘러나왔다.

'이걸로 한 마리는 전투 불가.'

그것을 깨닫는 순간, 카이는 왼손으로 검 손잡이를 잡고는 있는 힘껏 당겼다. 물론, 검을 뽑을 때도 순순히 뽑아주지는 않았다.

"칼날 쇄도."

기사의 가슴팍에 박혀 있던 검이 맹렬하게 회전하며 뽑혀져 나왔다. 뮬딘 교의 강력한 세뇌로 고통에 둔감한 암흑 기사의 입에서 비명이 터져 나왔다.

멈칫.

단 한 번도 동료가 비명을 터뜨리는 것을 본 적 없던 두 명의 암흑 기사가 움찔거렸다. 그것은 카이에게 있어 또 하나의 기회가 되었다.

"성검, 프리우스 소환."

카이의 오른손에 잡히는 백색의 신검.

동시에 그의 전신에서 뜨거운 열기가 피어올랐다.

"신성 폭발."

더 이상 신성력이 줄어드는 것을 고민할 필요는 없었다. 스페셜 칭호의 이름 그대로, 그의 신성력은 마르지 않으니까.

후우우웅!

뒤늦게 정신을 차린 암흑 기사들이 다시 한번 검을 휘둘렀지만, 카이는 이미 자리에 없었다.

'우선 한 놈 더.'

까드드득!

성검이 기사 하나의 겨드랑이를 파고들었다. 성검은 일정 위치에 도달하자 그대로 날을 비틀더니, 수직으로 떨어졌다.

겨드랑이로 들어가, 옆구리로 빠져나오는 검!

"커르르륵……."

기사는 몸을 사시나무처럼 떨며 뒤로 넘어갔다. 분수처럼 뿜어지는 피를 보아하니 과다출혈 디버프는 당연지사.

"뮬딘 교가 자랑하는 암흑 기사들. 예전부터 생각했지만 실력이 영 별로야."

"이, 이단심판관들께서 나서셨다면……."

"아, 게네도 실력 별로야."

물론 너네보다는 낫지만.

조용히 중얼거린 카이는 암흑 기사의 몸이 굳어 있는 틈을 타 냉기의 롱소드를 던졌다. 비수처럼 날아간 검은 기사의 왼쪽 허벅지를 그대로 꿰뚫었다.

"크윽, 비겁하게!"

"3대1로 덤빈 놈들이 비겁 같은 소리하네. B급 같은 놈들이."

촤르르륵.

자신의 말장난에 제법 감동을 받은 카이는 그대로 달려 나가 검을 휘둘렀다. 앞가슴을 크게 베인 기사는 피를 뿜어내며 앞으로 고꾸라졌다.

'자, 그럼 남은 건…….'

뮬딘 교의 암흑 기사들이 왜 이곳에 있는지를 알아내야 한다. 카이의 시선이 자연스럽게 베이스커 남작에게 돌아갔다.

"신성 사슬."

촤르르륵.

왼손 소매에서 신성 사슬이 튀어나왔다. 이어서 신성 사슬은 정오의 햇빛을 반사시키며 시원하게 날아갔다.

"어, 어어?"

카이와 베이스커 남작의 거리는 50미터에 달했지만, 그 정도 거리는 무의미했다.

신성 사슬이란 결국 신성력을 주입하는 만큼 길이가 길어지는 스킬. 카이가 지닌 신성력이라면 이보다 몇 배는 더 되는 거리라 할지라도 무리가 없었다.

"마, 막아라!"

날아드는 신성 사슬을 목도한 베이스커 남작이 소리쳤다.

하지만 신성 사슬은 암흑 기사들보다 훨씬 재빨랐다.

후웅, 후웅!

베이스커 남작의 목을 세 바퀴나 휘감은 신성 사슬.

"후읍!"

먹잇감을 잡아챈 카이의 이두근이 크게 부풀었다. 이어서 신성 사슬이 팽팽하게 당겨졌고, 베이스커 남작은 허공을 날다시피 끌려왔다.

"성검 역소환."

성검을 집어넣은 카이는 날아드는 남작의 목젖을 허공에서 붙잡아 그대로 바닥에 패대기쳤다.

"커어억……."

"이제 대화를 할 만한 상황이 만들어진 것 같은데."

"카, 카쿤 님. 대체 왜 이러시는 겁…… 끄아아아악!"

푸른 역병.

아이러니하게도 뮬딘 교에서 만들어낸 희대의 극독이 베이스커 남작을 고문하는 데 사용되었다. 한 번 주입시킨 푸른 역병은 빠른 시간안에 전신으로 퍼져 나갔다.

우두두둑.

베이스커 남작의 모든 피부 위로 푸른색의 핏줄이 섰고, 눈은 붉게 충혈되었다.

"묻는 말에 제대로 답만 해도 해독은 시켜준다."

"……."

말 잘 듣는 아이처럼 입을 꾹 다문 베이스커 남작. 눈알만 데굴데굴 굴리는 그의 표정을 통해 침묵이 긍정이라는 뜻을 읽어낼 수 있었다.

"카쿤이라는 놈은 대체 누군데 자꾸 찾는 거지?"

"……그, 그분은 퓰딘 교의 제 16암살단의 단장. 지난 밤 네 놈…… 아니, 당신을 암살하러 가셨습니다."

"나를?"

의외의 말을 들은 카이가 눈을 깜빡였다.

"그런 놈 안 왔…… 아?"

기억을 더듬던 와중에 무언가가 불현듯 떠오른 카이.

'설마 어젯밤에 잡았던 그 파리가?'

확실히 파리를 잡고 난 뒤, 암살단장이니 어쩌니 하면서 저주까지 받은 기억이 난다.

당시에는 사소한 해프닝인 줄 알고 대충 넘겼건만.

"왔던 것 같기도 하고."

"그, 그렇다면 카쿤 님은……?"

"미안. 파리인 줄 알고 그냥 잡았는데."

"……."

경악한 표정으로 입을 쩍 벌리는 베이스커 남작. 카이는 그의 멍청한 얼굴을 내려다보다가 머리를 긁적였다.

"후우. 그나저나……."

이상한 놈들이랑 엮여서 귀찮은 짓을 해버렸다.

게다가 더 큰 문제는…….

[영지전에서 승리합니다.]

[지금부터 베이커스 영지에 대한 모든 소유권은 당신에게 이전됩니다.]

"또 생겼네."

귀찮은 짐 덩어리가 하나 더 생겨 버렸다.

+ 84장 +
검술의 달인

대장전으로 치러진 영지전 압승.

실제로 베이스커 영지 또한 수중에 들어왔지만, 카이는 긴장의 끈을 놓지 않았다.

'저 녀석들도 암흑 기사들인 것 같은데?'

베이스커 남작이 데려온 기사들은 총 50명가량이었고 3명을 처치했으니 47명이 남은 셈이다.

기계처럼 도열해 있던 기사들은 서로의 얼굴을 쳐다보며 중얼거리기 시작했다.

"이봐."

"히익……."

카이가 신성 사슬을 흔들며 이름을 부르자, 베이스커 남작이 두려움에 몸을 움츠렸다.

"안 잡아먹으니까 대답해."

"예, 예!"

"저 녀석들도 전부 암흑 기사들인가?"

그 질문에 어찌 대답해야 할지 눈만 데굴데굴 굴리는 베이스커 남작. 하지만 카이가 눈을 부릅뜨자, 슬며시 눈을 깔며 고개를 끄덕였다.

"마, 맞습니다. 모두 뮬딘 교의 암흑 기사들입니다."

"녀석들에 대한 명령권은 있고?"

턱 끝으로 암흑 기사들을 가리키며 묻자, 베이스커 남작이 미친 듯이 고개를 끄덕였다.

"물론입니다. 뮬딘 교에서는 저에게 저들에 대한 모든 지휘권을 맡겼습니다."

"그럼 귀찮으니까 전부 내 시야에서 사라지라고 해."

"……알겠습니다."

잠시 생각하던 베이스커 남작이 조용히 수긍했다.

저들에게 명령을 내리면 자신을 죽일 수 있는지 없는지, 빠르게 계산을 해본 것이겠지.

'가장 먼저 죽는 게 자신이라는 결론이 나왔을 테고.'

그것이 베이스커 남작의 결정에 큰 영향을 줬겠지.

"다들 이 전장에서 물러나 안전한 장소로 돌아가라!"

"……."

그 말을 들은 암흑 기사들의 수군거림이 더욱 잦아졌다.

그러기를 잠시, 그들이 일제히 검을 뽑으며 다가왔다.

카이가 한심한 표정으로 남작을 쳐다보며 말했다.

"명령권 있다며."

"어어…… 어어어……? 이, 이럴 리가 없는데……."

암흑 기사들이 자신의 명령을 듣지 않는 것이 충격적인 듯, 베이스커 남작의 눈빛이 흔들렸다.

곧 다가올 두 번째 싸움을 대비하며, 카이는 중얼거렸다.

"이러다가 차 식으면 창피해지는데……."

게임이라는 것이 그렇다.

레벨과 장비, 능력치. 하나만 압도적으로 높아도 더 높은 등급의 몬스터를 잡을 수 있다. 카이는 그 모든 것이 높았고, 심지어 실력까지 월등했다.

[레벨이 올랐습니다.]

[스탯 포인트를 5개 획득합니다.]

그것이 카이가 47명의 암흑 기사들을 손쉽게 정리할 수 있었던 이유였다. 물론 눈 깜짝할 사이에 해치웠다고 하기에는 무리가 있을 시간이었다.

'대충 15분 정도인가.'

47명, 47개의 검, 47개의 스킬.

그것들이 카이의 몸뚱아리를 향해 쏘아 들었지만, 그는 옷깃조차 내어주지 않았다.

노 히트 올 킬(No Hit All Kill).

돈 주고도 못 본다는 그 진귀한 장면을 라이브로 목격한 유저들은 감탄을 아끼지 않았다.

"캬, 역시 언노운이네."

"그러게 왜 깝쳤대?"

"상대편만 불쌍하게 됐지."

축제가 끝나면 인적 없는 쓸쓸한 거리만이 남는다.

한바탕 전투가 치러진 초원 역시 마찬가지였다. 암흑 기사들이 남긴 전리품을 파밍한 카이는 베이스커 남작을 들쳐 업고 성벽을 향해 뛰었다.

"차 식었어요?"

프레스콧은 아직 김이 피어오르는 찻잔을 든 채, 눈만 둥그렇게 뜨고 있었다. 그는 자신이 본 광경이 현실인지, 아닌지를 심각하게 고민하는 듯했다.

"이, 이게 대체……."

"호로록. 아! 아직 안 식었네요."

카이는 암흑 기사들을 쓰러뜨린 것보다, 차가 아직 식지 않았다는 부분이 더 기뻤는지 싱글벙글 미소를 지었다.

"여, 영주님."

뒤늦게 정신을 차린 프레스콧이 카이를 불렀다.

"예, 프레스콧."

"혹시 영주님은…… 유명한 검객이십니까?"

"음. 제법 유명하고, 제법 강한 편이지요."

"아! 역시…… 강력하다고 소문난 베이스커 영지의 기사들을 쓰러뜨리시는 모습을 보며, 로열 나이트에 비견되는 존재가 아닐지 생각해 보았습니다."

로열 나이트는 라시온 국왕의 명령만을 절대적으로 듣는 왕실 수호 기사단을 의미했다. 무(武)에 재능이 있음은 물론, 국왕을 향한 충성심이 남달라야지만 입단할 수 있는 곳.

수호 기사단과 철혈 기사단이 로열 나이트에 속했다.

'로열 나이트라…… 그리고 보니 바체도 한 번 찾아가야 하는데.'

철혈 기사단장인 바체는 언젠가 한 번, 대련을 해주겠노라고 약속했다.

'지금쯤 한 번 도전해 보는 게 좋을지도.'

패배하게 되더라도, 분명히 얻는 것이 있을 것이다.

잠시 생각을 정리한 카이가 고개를 흔들었다.

"붙어본 적이 없어서 확실하지는 않지만, 크게 밀리지는 않을 겁니다."

"그, 그렇게나……."

생각보다 훨씬 강력한 영주의 모습에 프레스콧이 진한 감동을 받은 표정을 지었다.

불과 몇 분 전까지만 해도 얼마나 전전긍긍했던가.

'다행이다. 정말 다행이야.'

프레스콧은 눈앞의 어린 영주가 크게 다치지 않았다는 사실에서 안도감을 느꼈다.

그가 겨우 마음을 추스르고 있자니, 카이가 말했다.

"자, 그럼 가시죠."

"……어디를 말입니까?"

"새로 얻은 영지요. 구경 정도는 해야죠."

"하, 하지만 그럼 아르칸 영지와 영주님의 저택을 내버려 두겠다는 소리입니까?"

"어차피 더 털어갈 것도 없는데요, 뭘."

"그래도……."

병력도 없는 영지를 그대로 비우겠다니.

프레스콧이 당황한 목소리를 뱉어내자, 카이가 심드렁한 표정으로 중얼거렸다.

"그러고 보니 이제 곧 올 때가 되었는데……."

그 말이 끝나는 것과 동시에, 환한 빛무리가 그들의 눈앞에 일어났다.

"오, 마침 잘 왔어요."

"여어! 우리 영주님 아니신가!"

"호오, 듣던 대로 정말 다 쓰러져 가는 영지 아닌가."

"이 영지 전체를 교육 도시로 만들고 싶다고?"

"껄껄껄. 그거 재미있는 작업이겠는데? 하나의 건물도 아니라, 도시를 건축하다니!"

그들의 정체는 리버티아에서 파견된 수십의 드워프들. 특히 건축 부문에서 뛰어난 두각을 나타내던 이들이었다.

인어 족의 마법으로 순식간에 텔레포트해 온 그들은 저마다의 장비를 꼬나쥐고는 거침없이 도시로 들어갔다.

"일단 이 구질구질한 성벽부터 보수하는 게 낫지 않나?"

"보수? 지금 보수라고 했나? 보기만 해도 시력이 떨어지는 것 같은 이 성벽을 보수하자고? 제정신인가?"

"그 말이 맞아. 그냥 다 때려 부수고 새로 만드세!"

순식간에 의견을 조율하고 행동하는 드워프들.

쿠구구궁.

카이는 조금씩 무너지는 성벽을 바라보며 프레스콧에게 말을 건넸다.

"자, 그럼 이제 가실까요?"

"예……."

프레스콧이 멍한 목소리로 대꾸했다.

⁂

베이스커 남작령은 생각보다 훨씬 세련된 분위기였다.

'이 정도면 딱히 관리가 필요 없겠는데?'

도시를 둘러본 카이는 크게 만족한 표정을 지었다.

영지의 등급은 B급. 전문 경영인을 영주 자리에 대리로 앉히기만 해도, 다달이 몇천만 원은 최소로 들어올 것이 분명한 도시였다.

'물론 내가 작정하고 관리하면 몇억도 우습지 않게 들어올 것 같긴 한데…….'

하지만 얻는 것보다 잃는 것이 더욱 많다. 무엇보다 자신은 영지 경영보다는 전선에서 몬스터들과 싸우는 게 체질이었다.

"괜찮네."

자신의 영지에 내려진 짤막한 평가를 듣던 베이스커 남작이 울상을 지었다.

거리 곳곳에서는 영주가 바뀐다는 사실에 흥분한 주민들이 축제를 벌이는 중이었다.

"와아!"

"악덕 영주가 물러났다!"

"제발 신임 영주는 그 욕심 많은 영주가 올려놓은 세율을 조금이라도 낮춰주기를……."

"예끼 이 사람아. 나는 다달이 세율을 올리지만 않아도 큰절을 올리겠네. 큰절을!"

"오늘 장사 접습니다! 맥주 무료 가즈아!"

"와아아아아아!"

그 모습에 카이는 재미있다는 표정을 지으며 물었다.

"인기 많네?"

"저, 저것들이 감히……."

모자를 푹 눌러쓴 베이스커 남작의 입에서 부들부들 떨리는 목소리가 흘러나왔다.

물론, 그가 표현할 수 있는 분노는 딱 거기까지였다.

"이제 내 영지민들인데, 너무 과도한 신경은 끄고."

그 짧막한 경고에 베이스커 남작은 이번에는 몸을 떨며 고개를 끄덕였다.

카이의 몸에서 자연스럽게 흘러나오는 드래곤 피어에 영향을 받은 탓이었다.

"그럼 이제 우리는 건설적인 얘기를 좀 해볼까?"

자신의 소유가 된 영주 저택에 도착한 카이가 말했다.

"거, 건설적인…… 이야기라뇨?"

이미 영지전에서 패배하고, 영지까지 빼앗긴 마당 아닌가.

베이스커 남작이 원망 어린 눈빛으로 카이를 쳐다봤다.

"그런 눈으로 보지 마. 먼저 욕심부린 건 그쪽이잖아."

"크, 크흠."

"내 나름대로 조사를 좀 해봤어."

카이는 조금 전 우편함에서 수령한 서류를 꺼내 들었다. 미네르바가 보낸 것이었는데, 정보 길드로부터 건네받은 아주 따끈따끈한 서류였다.

"베이스커 남작. 베이스커 영지를 제외하고도 총 네 개의 영지가 더 있네. 맞지?"

"예······."

"자, 어떡할래."

"······?"

카이의 질문 의도를 파악하지 못한 베이스커 남작이 눈만 깜빡였다. 아직 상황 파악이 덜 된 듯한 그 표정을 본 카이는 확실하게 정리해 주었다.

"결론부터 말해주자면, 넌 결국 귀족 작위를 박탈당해."

"그, 그게 무슨······!"

베이스커 남작이 벌떡 일어나며 소리쳤다.

이에 카이의 눈빛이 차갑게 가라앉았다.

"앉아."

"넵."

소요를 빠르게 잠재운 카이는 한층 부드러운 목소리로 속삭였다.

"뮬딘 교와 손을 잡은 건 역모로밖에 생각이 안 돼."

"그, 그런! 역모라니, 당치도 않습니다!"

베이스커 남작은 자신이 지을 수 있는 최대한 불쌍한 표정을 지었다. 물론, 씨알도 먹히지 않았다.

"중요한 건 네 의사가 아니야. 네가 암흑 기사들을 부려왔다는 것과 뮬딘 교의 암살단장과도 친분이 있다는 사실이지. 왕실에서는 이걸 무조건 역모죄로 엮을 거야."

"하, 하지만 어쩔 수 없었습니다. 협박을 받은 통에……."

"아하, 그래서 하기 싫은데 어쩔 수 없이 그러셨어?"

"바로 그겁니다. 전 정말 억울합니다."

입술에 침도 바르지 않고 거짓말을 술술 뱉어내는 베이스커 남작의 모습에 카이는 피식 웃으며 서류를 넘겼다.

"뮬딘 교가 요즘 재정난에 시달리나 봐? 영지 세율을 달마다 올리고 말이야."

"그, 그건……."

"입에 바른 소리 집어치우고. 쉽게 쉽게 가자. 너에겐 두 가지 선택지가 있어."

카이가 손가락을 두 개 펼쳤다.

"하나는 작위를 박탈당하고, 로열 나이트들에게 끌려가서 평생 햇빛 한 줌 안 들어오는 지하 감옥에 수감되는 것."

"으윽……."

베이스커 남작이 몸을 부르르 떨었다.

"다른 하나는 귀족 작위를 박탈당하지만, 여태까지 꿍친 돈을 챙겨 능력껏 도망치는 것."

"……어?"

카이의 제안에 베이스커 남작이 솔깃한 표정을 지었다.

입술을 혀로 한 번 훑은 남작이 조심스럽게 물었다.

"진심이십니까?"

"응."

"……하지만 태양교의 사제잖습니까."

"뮬딘 교가 버린 패까지 신경 쓸 정도로 한가하지 않아."

뮬딘 교의 버리는 패. 현재 베이스커 남작의 위치를 상기시켜 주는 것으로는 이보다 더 어울리는 단어가 없었다.

"결정은 빨리하는 게 좋을 거야. 마음이 변하기 전에."

카이가 대답을 재촉하자, 베이스커 남작이 마음을 굳혔다.

'그래. 어차피 귀족 작위가 박탈당한다면…… 지하 감옥에서 평생 썩는 것보다는 도망자의 삶이 낫지.'

게다가 베이스커 영지가 뺏긴 시점에서, 귀족 작위는 유명무실해진 것이나 다름없었다. 어차피 자신이 소유한 다른 영지들은 뮬딘 교의 관리를 받고 있었기 때문이다.

"그러니까 말입니다……."

베이스커 남작은 자신이 알고 있는 모든 사실을 토로했다. 이야기를 듣던 카이가 저도 모르게 박수를 칠 정도로 일목요연한 설명이었다.

"제가 아는 건 여기까지입니다."

"괜찮네. 수고했어."

"그, 그럼 저는 들어가 보겠습니다."

"그래. 능력껏 잘 도망치고. 부디 잡히지 마라."

"감사합니다. 귀인의 은혜는 평생 잊지 않겠습니다."

"귀인은 무슨."

베이스커 남작은 깍듯하게 인사하고는 저택을 나섰다.

그가 떠나는 모습을 지켜보던 카이는 시계를 확인했다.

"흐음. 대충 5분 정도 후에 잡으러 가면 되겠지."

카이는 능력껏 도망치라고 했지, 잡으러 가지 않는다는 말을 한 적은 없었다. 그가 거짓말까지 입에 담으며 번거로운 일을 행한 이유는 단 하나였다.

'그야 권선징악 보상을 받으려면 내 손으로 깔끔하게 귀족 작위 박탈시키는 게 편하니까.'

덤으로 뮬딘 교의 정보까지 손에 넣었으니 일거양득!

"뮬딘 교 녀석들 때문에 제법 바빠지겠어."

그로부터 정확히 5분이 흘렀을 때, 카이의 신형은 영주 저택에서 자취를 감추었다.

[권선징악 효과가 발동합니다.]
[부패한 영주의 작위를 박탈시켰습니다.]
[박탈시킨 영주의 작위는 '남작'입니다.]
[선행 스탯이 25 상승합니다.]
[태양 목격자의 효과로 선행 스탯이 13만큼 추가 상승합니다.]

"으아아아아아! 이건 사기야! 사기라고!"

손목에 수갑을 찬 채, 로열 나이트들에게 연행당하는 베이커스 남작, 아니, 베이커스 '전' 남작을 힐긋 쳐다본 카이는 가볍게 손을 흔들며 마지막 인사를 건넸다.

"안녕."

그는 아마 왕궁의 지하 감옥에 수감되어 평생 빛을 못 보게 될 것이다.

'그러게 누가 뮬딘 교 애들이랑 손을 잡으래.'

어깨를 으쓱거린 카이는 눈앞의 보상 창에 집중했다.

'권선징악 보상을 받는 건 간만이네.'

카이도 여태까지 게임을 플레이하면서 단 두 번밖에 받아보지 못한 보상이다. 이번이 겨우 세 번째라는 소리.

'남작이 한 번, 자작이 한 번이었지.'

그리고 이번에 처치(?)한 베이스커도 남작이다.

저도 모르게 콧노래를 흥얼거린 카이는 라시온 왕실의 복도를 거닐면서 스탯 창을 확인했다.

[능력치]

힘 : 2,296 / 체력 : 1,461

지능 : 853 / 민첩 : 826

신성 : 3,204 / 위엄 : 773

선행 : 499

"……와."

저도 모르게 흘러나오는 감탄사는 비단 스탯이 높았기 때문만은 아니었다.

카이의 머리가 빠르게 굴러갔다.

'이번에 권선징악 효과로 상승된 선행 스탯은 38.'

평소였다면 모든 스탯이 38씩 상승했어야 할 터였다.

하지만 이번엔 아니었다.

'와, 이런 식으로도 목격자 칭호가 적용된다고?'

변수는 바로 목격자 칭호들이었다. 현재 카이는 다양한 목격자 칭호 덕분에, 스탯이 하나 오를 때마다 300%가 추가로 상승한다. 그 말도 안 되는 효과는 선행 스탯에도 적용이 되었다.

'즉, 평소였다면 모든 스탯이 38개씩 올랐어야 했는데, 152씩 올랐다는 소리지.'

목격자 칭호와 태양의 사제가 지닌 선행 스탯. 아마도 개발자들이 미처 염두하지 못한 그 둘의 시너지가 폭발하는 순간이었다.

여기서 한 가지, 한 가지 의문점이 들었다.

'만약 선행 스탯을 소모해야 할 상황이 온다면?'

과연 그때는 몇 개의 스탯이 사라질 것일지가 자연스럽게 궁금해졌다.

결국, 카이는 궁금증을 참지 못했다.

"태양 분신."

[태양 분신 스킬을 사용했습니다.]

[선행 스탯 5개가 영구적으로 소모됩니다.]

[태양 분신의 레벨과 스탯은 시전자의 70%로 설정됩니다.]

[레벨 291, 카이(분신)가 소환되었습니다.]

카이와 똑같은 장비를 착용한 분신이 눈앞에 생성되었다. 고작 70%의 능력치를 지녔다지만, 그것만으로도 웬만한 랭커는 찜쪄먹을 수 있는 녀석이다.

'자, 중요한 건 이게 아니지.'

카이는 황급히 스탯 창을 확인했다. 그리고 수치를 확인하는 순간, 저도 모르게 주먹을 불끈 쥐었다.

'모든 스탯이 5씩 내려갔다……!'

카이는 안도와 희열을 동시에 느꼈다.

이제부터는 선행 스탯을 소모하는 스킬을 사용한다고 전전긍긍할 필요가 없다는 뜻이니까.

'내가 여태까지 강림 스킬을 사용하기를 주저했던 이유는 오직 한 가지였어.'

선행 스탯을 소모해야 한다는 이유 때문이었다. 선행 스탯을 소모하면 자연스럽게 모든 스탯이 하락하고, 그것은 스펙의 하향으로 이어졌다. 하지만 목격자 칭호를 얻은 이후로는 이야기가 달라졌다.

'선행 스탯을 얻을 때마다 상승하는 수치는 기존의 4배.'

한 마디로 강림 스킬 등을 통해 선행 스탯을 소모해도, 계산기를 두드리면 오히려 플러스다.

페가수스 사에서는 선행 스탯의 과도한 스탯 축적을 경계했을 터.

'그래서 강림이나 태양 분신 같은 스킬을 만든 거겠지.'

한 번 사용할 때마다 선행 스탯을 필수적으로 소모할 수밖에 없는 스킬들을 말이다.

하지만 카이는 목격자 칭호라는 돌파구를 통해 태양의 사제가 지닌 유일한 단점을 없애 버렸다.

"아, 마음이 편안해지는 기분이야."

유일한 걱정거리가 사라진 카이는 개운한 기분으로 복도를 거닐며 어딘가로 향했다.

'이왕 왕궁에 들른 김에, 만나는 편이 좋겠지.'

그의 발걸음이 향한 곳은 철혈 기사단의 연무장.

당연하지만 외부인인 그는 입구에서부터 제지를 받았다.

하지만 지금의 카이는 옛날과는 다른 위치에 서 있었다.

"신원이 확인되었습니다."

"지나가셔도 좋습니다."

알버트 교황이 만들어준 태양교 교황의 직인이 찍혀진 패를 내미는 순간, 왕궁의 연무장조차 카이의 뒷마당이나 다름없는 신세가 되었다.

'저기 있다.'

연무장을 둘러보던 카이는 벤치에 앉아 독서를 즐기는 흑발의 미남을 발견했다.

'바체 댄 블랙.'

자신이 알고 있는 한, 미드 온라인에서 가장 검을 잘 쓰는 라시온 왕국의 철혈 기사단장.

카이가 다가가자 인기척을 느낀 바체가 책을 덮고 고개를 돌렸다.

"오랜만이군."

"그간 건강하셨습니까."

"극한까지 단련된 초인의 육체는 잔병을 치르지 않는다."

"그건 부럽네요."

가벼운 인사말이 오고 갔고, 바체의 두 눈에 흥미로움이 깃들었다.

"……많이 성장했군."

"그만큼 시간이 흘렀으니까요."

"그동안 흐른 시간의 열 배를 줘도, 나아가지 못하는 인간도 있다."

자리에서 일어난 바체가 연무장의 부하들에게 명령했다.

"다 나가."

"예!"

그 어떤 의문조차 품지 않고, 명령에 복종하는 철혈 기사단원들의 모습에서 평소 철혈 기사단 내부에서 바체가 지닌 권력이 얼마나 대단한지를 한 번에 알 수 있었다.

'눈빛 한 번 찌릿찌릿한데.'

항상 무표정한 얼굴에 공허한 눈빛을 고수하는 바체였지만, 오늘만큼은 달랐다. 마치 재미있는 먹잇감을 바라보는 듯한 흉포한 사냥꾼의 눈빛.

침을 꿀꺽 삼킨 카이가 입을 열었다.

"예전에 해주신 약속, 기억하십니까?"

"물론. 그 날이 오기를 제법 고대하기도 했다. ……그 날이 오늘일 줄은 예상치 못했지만."

뒷말을 조용히 중얼거리던 바체는 몸을 돌려 열 걸음을 나아갔다. 다시 몸을 돌렸을 때, 바체의 몸에서는 투기가 줄기줄기 뿜어져 나왔다.

"선택할 기회를 주지,"

바체가 말했다.

"하나는 내가 적당히 봐주면서 그대를 상대해 주는 것. 이것만으로도 그대는 제법 많은 것을 깨닫게 될 것이다."

"다른 하나는 뭡니까?"

카이는 첫 번째 제안에 관심도 없다는 듯, 두 번째 선택지에 대해 물었다.

그러자 바체가 하얀 이를 드러내며 웃었다.

"뻔한 걸 묻는군."

"그럼 두 번째로 부탁드립니다."

"죽을 것이다."

"괜찮아요."

사양이나 근거 없는 자신감 따위가 아니었다. 어떤 치명적인 피해에도 한 번, 부활을 시켜주는 유니크 스킬, 불사의 의지가 있었기에 내릴 수 있는 과감한 선택이었다.

"무운을 빌지."

말을 마친 바체는 자신의 검 손잡이 위에 손을 올렸다.

그것만으로도 연무장의 공기가 뒤바뀌었다.

'흐읍……!'

마치 주변의 공기가 자신의 정수리와 어깨를 짓누르는 느낌에 카이는 실제로 위에 무언가가 있나 싶어서 고개를 들어 확인까지 했다.

'이게 왕국의 로열나이트, 철혈 기사단장의 위압감.'

카이의 몸 주변에 마법진들이 떠오르며 그의 신체를 강화시키기 시작했다.

'처음부터 전력으로 간다.'

그를 상대하면서 여유를 부리는 건 오만이다. 전력을 다한다고 해도, 부족하면 부족했지 넘칠 일은 없을 테니까.

"갑니다."

모든 버프를 몸에 두른 카이의 전신에서는 바체 못지않은 흉흉한 기세가 뿜어져 나왔다.

이미 연무장은 솔라 필드의 영역으로 지정된 상태였다.

카이의 몸 상태는 그 어떤 때보다도 좋았다.

"와."

바체의 말이 떨어짐과 동시에, 카이의 신형이 아지랑이처럼 흩어졌다.

꾸욱!

카이는 활처럼 유연하게 구부린 허리를 튕기며 음속을 넘어서는 속도로 바체의 뒤를 점했다.

'빠르게, 빠르게……!'

이미 카이의 손에는 백색의 검이 자리한 상태였다.

성검은 그 어느 때보다도 빠르게, 하지만 조용히 공기를 가르며 바체의 목을 노렸다.

"쓸 만한 움직임이다."

스르릉.

바체의 검집에서 뽑혀 나온 롱소드는 카이의 성검을 부드럽게 흘려보냈다. 그 모습은 마치 사과가 중력에 의해 아래로 떨어지는 것처럼 아주 당연하게 느껴졌다.

"하나 빠르기만 하다고 능사는 아니지."

대련 와중에 내려지는 가르침은 준엄했다.

카이는 첫 번째 공격이 실패하자 곧바로 미련을 버리고 다른 방법을 강구했다.

'속도로 안 된다면……'

다음은 힘이다.

카이가 검을 쥐는 그립부터가 바뀌었다. 조금 전까지는 검을 최대한 빠르게 휘두를 수 있도록 가볍고 넓게 쥐었다.

하지만 지금은 팔의 힘을 그대로 쏟아부을 수 있도록 손잡이를 촘촘하게 강하게 붙잡았다. 그 사소한 차이의 효과는 즉각적으로 나타났다. 카이의 성검이 태산과도 같은 무게를 지닌 채 바체의 정수리로 떨어졌다.

까아앙!

전투 이래 처음으로, 병장기가 부딪치는 소리가 났다.

현재 카이의 힘 스탯은 각종 버프와 스페셜 칭호, 세트 효과로 인해 3천에 다다른다. 아무리 바체라고 해도 무시할 수 있는 수준이 아니라는 소리다.

"힘은 나쁘지 않군."

"아직 놀라기는 이릅니다."

카이는 거기서 한 걸음을 더 나아갔다.

"중력장."

우우웅.

카이는 자신의 롱소드에 가해지는 중력을 조작했다.

그가 높인 중력의 배수는 무려 세 배.

스킬을 한 번 사용하는데 6,000이라는 마나가 썰물처럼 빠져나갔다.

"으음."

효과는 대단했다. 바체의 입에서 놀라움이 섞인 옅은 신음을 끌어낼 수 있을 정도였으니까.

"놀라운 기술이군. 하지만……"

바체가 천천히 검을 들어 올렸다. 그러자 부르르 떨리며 저항하던 카이의 검이 천천히 위로 밀려났다.

'히, 힘에서 밀린다고? 중력을 세 배나 높였는데?'

예전에도 몇 번이나 보았지만, 바체는 상대방의 급소를 위주로 노리는 똑똑하고 스타일리쉬한 검법을 선호한다. 우직하게 힘으로 상대를 밀어붙이는 모습을 본 적은 없기에, 당연히 힘은 자신이 우위라고 생각했다.

'이런 사기 캐릭터가 있다니!'

심지어 카이는 중력장이라는 편법까지 사용해 힘의 우위를 차지하려고 했지만, 패배했다. 오른팔의 이두근이 터질 듯 부풀어오르고, 팔이 부들부들 떨릴 때까지 안간힘을 썼지만, 바체가 검을 밀어내면 카이의 검은 속절없이 밀려나는 것이 현실이었다.

"힘에만 의존하는 자는 더 강대한 힘을 만났을 때 아무것도 할 수 없게 된다."

말을 마친 바체의 손목이 순식간에 회전했다.

롱소드는 길지만, 그 길이가 압도적인 것은 아니다. 당장 유효 사거리가 더 긴 무기를 찾아보면 창이 있다.

하지만 미드 온라인의 기사 대부분이 사용하는 무기는 창이 아닌 검이다. 창이 배우기도 더 쉽고, 사거리도 길며, 더 강력한 위력을 자랑하는데 기사들의 주 무기로 채택되지 않은 이유는 무엇일까?

과거 수많은 기사들이 이에 의문을 품었고, 효율을 위해 창을 들었다.

그리고 최후의 순간에 깨닫게 되었다.

바로 창은 기본적으로 '찌르는' 무기이라는 것을 말이다. 반면 롱소드는 찌르고, 베는 것이 무기의 주요 사용법이다.

강력한 유효 공격 수단이 하나 더 있다는 것. 그래서 창보다 검 쪽이 더 변수를 창출하기 쉽고, 깊이 파고들 만한 여지가 있다는 소리이기도 했다.

"크윽."

누가 가르쳐 준 것도 아니지만, 카이는 바체와의 대련을 통해 그 사실을 깨달았다.

'단순히 손목을 반 바퀴 돌린 것뿐인데…….'

키이의 검 아래에 있던 바체의 검은 어느새 카이를 위에서 짓누르는 중이었다.

그야말로 완벽한 형세의 역전.

말은 쉽지만 서로 검을 전력으로 부딪치는 와중에 그런 식으로 검의 위치를 뒤바꾸는 것은 불가능에 가깝다. 상대방의 힘을 완벽에 가까울 정도로 이해하고, 그 흐름을 이용할 줄 알아야만 선보일 수 있는…… 말 그대로 신위다.

'게다가 무슨 힘이……!'

바체가 한 손으로 가볍게 누르고 있는 검은 태산을 올려놓은 듯 무거웠다. 그 무게를 두 손으로 막아내는 카이의 무릎이 조금씩 구부러지기 시작했다.

'이대로는 안 된다!'

그것은 정확한 분석이었다. 이런 식의 경주가 계속되면 상대방이 먼저 결승선에 도달할 것이라는 냉정한 분석.

'홀리 익스플로젼이나 추적하는 빛의 화살, 태양의 분노 등을 쓰면 이 위기는 벗어날 수 있겠지만…… 그건 안 돼.'

카이는 검을 배우기 위해 이 자리에 온 것이지, 바체를 쓰러뜨리고자 온 것이 아니었다. 달리 말하면 검이 아닌 마법 주문들을 써서 위기를 벗어난다고 해도 아무런 의미가 없다는 소리였다.

그래서 카이가 할 수 있는 최선은 젖 먹던 힘까지 끌어내 바체의 검을 쳐내는 것뿐이었다.

한데, 그러한 노력이 오히려 독이 되었다.

"또한, 힘에만 모든 신경을 쓰는 적만큼 농락하기 쉬운 상대도 없다."

바체는 카이가 혼신의 힘을 담아 자신의 검을 밀어내자, 미런도 없이 제 검을 회수했다.

"어엇!"

자연스럽게 카이의 검은 허공을 향해 쭉 뻗어나갔고, 몸의 무게 중심이 크게 흐트러졌다. 이어서 세 번의 짧은 소음이 귓가로 들려왔다.

서걱, 핏, 피익!

그 소리가 무엇인지는 구태여 알려고 노력할 필요가 없었다. 이미 카이의 눈앞에 떠오른 붉은색 메시지가 점등처럼 반짝이는 중이었으니까.

띠링!

[손목의 힘줄이 잘렸습니다. 일시적으로 힘 스탯이 25% 감소합니다.]

[경동맥이 잘렸습니다. 뇌에 산소 공급이 원활하게 이루어지지 않습니다. 일시적으로 스테미너가 30% 감소합니다.]

[왼쪽 눈이 실명되었습니다. 일시적으로 한쪽 시야가 차단됩니다.]

찰나에 휘둘러진 세 번의 공격은 여태까지 카이가 적들을 공격하던 방법과는 큰 차이를 보이고 있었다.

'큰 대미지를 주는 것으로 모자라서…… 상태 이상까지?'

카이도 이런 식으로 급소를 공격하면 상태 이상을 유발시킬 수 있다는 사실을 잘 알고 있다.

아직 그의 스탯이 대단치 못했을 때, 이 방법을 누구보다 유용하게 사용했던 것이 바로 그였으니까.

하지만 충분한 스탯이 모이고, 본인의 스펙 자체가 높아지면서 카이는 굳이 이런 방법을 사용하지 않았다.

'말 그대로, 굳이 그럴 필요가 없었으니까.'

그렇게까지 하지 않아도 이길 수 있었기 때문이다.

찰나의 순간에 뇌를 비우고 아무런 고민 없이 바로 공격할 수 있는 곳. 카이는 무의식적으로 그런 곳만을 찔러왔다. 자신도 모르는 사이 편안함에 물들어 있었던 것이다.

"오우거가 고블린을 사냥할 때조차 최선을 다하는 법이다."

"윽……."

바체의 질책에 카이의 얼굴이 붉게 물들었다. 검술에서 완벽하게 밀렸다는 부끄러움보다는, 초심을 잃었다는 수치심이 가장 먼저 밀려들었다.

"검술의 경지는 예전보다 나아졌을지 몰라도, 마음만큼은 퇴보했군."

그 목소리에서 느껴지는 것은 짙은 실망감이었다. 카이가 화이트홀에서, 그리고 비르 평야에서 이를 악물고 강자들과 싸워 이긴 것을 알고 있는 바체는 더더욱 큰 실망감을 느낄 수밖에 없었다.

할 말이 없어진 카이가 입술을 지끈 깨물자, 바체가 중얼거렸다.

"개인적으로 카이 그대의 도전을 기다렸던 건 최근 돌아다니는 소문을 들었기 때문이다. 그대가 모험가들 중에서는 가장 강력한 존재라고 들었는데, 사실인가?"

"……맞습니다."

"그렇다면 그 위치에 맞는 기개를 보이도록. '너의 검술'을 나에게 보여라."

실망감을 느꼈지만 대련을 그만두지는 않겠다는 소리였다.

하지만 카이는 본능적으로 느낄 수 있었다.

'바체는 검술의 달인이야.'

달인들이라면 대부분 그렇지만, 본인의 아이덴티티가 굉장히 강한 편이다. 그것은 바체라고 해도 마찬가지일 터.

오히려 검술의 달인이기에 카이가 초심을 잃어버린 것을 곱게 보지 않을 것이 분명했다.

'나에 대한 평가를 뒤집어야 한다. 이게 마지막 기회야.'

이 기회를 살리려면 그의 예상을 뛰어넘는 한 수를 보여줘야 할 필요가 있었다.

'하지만 대체 어떻게?'

카이가 깊은 고뇌에 빠져들었다. 자신의 최대 속도는 바체에게 아무렇지도 않게 따라잡힌다. 자신의 강한 힘마저 바체는 태연하게 맞받아쳤다.

그때 카이의 머릿속에 떠오른 것은 여명의 검술관 관장, 후이의 가르침이었다.

'검술의 기본? 당연한 걸 묻는군. 빠른 속도와 강한 힘, 지치지 않는 체력이지. 정교한 검술? 그런 것들도 전부 뿌리가 튼튼해야 그 위에 세워지는 법. 질퍽한 진흙 위에는 가옥이 아닌 황궁을 세워도 오래가지 못하는 법이다.'

검술의 기본인 속도와 힘, 그리고 체력. 이 중에서 속도와 힘은 바체에게 당해낼 자신이 없었다.

'하지만 체력이라면?'

카이가 짤막한 탄성을 터뜨렸다.

'바체는 나에게 '나의 검술'을 보여달라고 했어.'

하도 검을 휘둘러 대서 자신도 모르게 정체성을 착각하고 있었지만, 카이는 전사가 아니었다.

그는 바로 사제. 아군을 치료하고 축복하여 능력을 끌어올리는 데에 특화된 직업의 소유자였다.

'사제면 사제답게.'

카이의 눈빛이 날카롭게 번뜩였다.

동시에 바체의 입꼬리가 살포시 말려 올라갔다.

'깨달았는가.'

애초에 그가 카이에게 대련할 기회를 줬던 이유는 진심으로 싸우고 싶어서가 아니었다. 그저 카이가 부족한 검술을 조금이나마 향상시킬 수 있도록 위함이었다. 그러자면 학생의 수준이 어떻고, 수업 진도는 얼마만큼 나갔는지를 파악할 필요가 있었다.

'나의 가르침은 대련이 시작된 순간부터였다.'

사실 바체의 교육법은 매우 훌륭한 편이었다. 검을 고작 몇 번 나누고, 말을 두어 번 건넨 것만으로도 카이가 초심을 되찾을 수 있게끔 만들었으니까.

심지어 지금은 카이로 하여금 자신의 힘이 통하지 않는 강력한 적을 만났을 때, 최소한 패배하지 않고 버틸 수 있는 방법을 가르치는 중이었다.

"후우."

짧은 호흡을 내뱉은 카이는 몸의 자세부터 바꾸었다.

'이제 믿을 건 정말 체력뿐이야.'

만약 이곳이 적이 한가득인 전장이었다면 체력에 대한 고민을 할 필요도 없다. 카이는 적을 죽일 때마다 스테미너가 회복되는 스페셜 칭호, '전장의 화신'이 있으니까.

'하지만 루시퍼, 지르칸과 싸울 때도 느꼈지만…… 일대일 승부에서의 스테미너 고갈은 아직까지 제법 심각한 편이지.'

이에 대한 해결책 따위는 당장 없다.

하지만 모든 일에는 '차선책'이 있게 마련.

'최소한 소모되는 모든 스테미너를 내 지배하에 놓을 수 있어야 해.'

처음부터 끝까지 마치 가계부를 적는 것처럼, 자신의 움직임이 소모할 모든 스테미너를 계산해야 한다. 이를 통해 카이는 자신의 움직임을 효율적으로 바꿀 수 있을 터였다.

"이번에는 내가 가지."

말을 마친 바체가 몸을 앞으로 숙였다.

깜빡.

카이가 눈을 한 번 감았다가 떴을 때, 시야의 정중앙에 있던 바체는 왼쪽 아래에 위치해 있었다.

동시에 카이의 머리가 빠르게 돌아가기 시작했다.

'두 발을 다시 위치하여 바닥을 단단하게 받치고, 허리를 숙여 아래에서 다가올 바체의 공격에 대비하고, 검을 들어올려 가드한다. 그 모든 행동의 스테미너 소모 값은…….'

전체 스테미너의 0.7퍼센트.

다음 순간, 바체의 검이 카이의 가드를 두드렸다.

까아아아앙!

압도적인 공격력!

카이는 무리를 하면 충분히 제자리에서 버틸 수 있었지만, 일부러 그러지 않았다.

'이건 자존심을 지키기 위한 싸움이 아니니까.'

상대방을 강자라고 인식한 이상, 그 공격을 버티지 못하는 건 오히려 당연한 일이다.

후우웅.

카이의 몸이 바람결을 잘 탄 돛처럼 뒤로 훌쩍 날아갔다. 바체와의 격돌에서 발생한 충격을 거스르지 않고, 몸을 뒤로 날리며 그대로 흩어낸 것이다. 만약 카이가 오기를 부려서 바체의 공세를 제자리에서 버텼다면 상당량의 스테미너가 사라졌을 터.

"호오."

한마디를 던졌을 뿐인데 싸움에 임하는 태도부터 시작해 전투법까지 달라졌다?

"나름 가르치는 맛은 있군."

바체의 눈동자에 이채가 감돌았고, 다시 한번 그의 검이 휘둘러졌다.

"……넌 정말 독한 놈이다."

바체가 말했다.

"바체님도 생긴 건 지적인데, 정말 지독하시네요."

이에 지지 않고 카이도 대꾸했다.

물론 두 사람이 나누는 대화를 누군가가 들었다면, 고개를 절레절레 흔들며 이렇게 말했을 것이 분명했다.

너희 둘 모두 똑같은 독종이라고.

"간다."

"오십시오."

바체의 음성에서는 짜증이, 카이의 목소리에서는 여유가 묻어 나왔다.

까드득!

분노가 서린 바체의 돌진에 연무장 바닥은 쩍쩍 갈라져 나갔다.

'온다.'

이제는 바체의 속도에 제법 익숙해진 카이는 곧 다가올 공격에 대비해 검을 들어 올렸다.

쩌엉!

가볍게 검을 막아내는 카이의 움직임에는 단 한 톨의 군더더기도 없었다. 만약 이것이 스포츠였다면, 그 자리에서 기립 박수를 받았을 정도로 완벽한 폼이었다.

이어지는 카이의 반격.

"이번엔 제가 갑니다."

미드 온라인에는 스탯이 존재하고, 아이템이 존재한다. 기본적으로 게임의 '공격력'이라는 개념은 저 두 가지를 베이스로

깔고 수치화된다. 그렇다면, 플레이어가 전력으로 휘두르는 검과, 대충 휘두르는 검의 공격력은 과연 똑같을까?

카이는 이 순간, 그 누구보다 확실하게 답할 수 있었다.

쩌어어어어어엉-!

그 둘의 격차는, 하늘과 땅 차이라고.

카이가 바체와 대련을 시작한 지 12일 만에 터득한 깨달음이었다. 12일이라는 시간은 미드 온라인 내에서도 결코 짧은 시간이 아니다. 그 시간 동안 잠시도 쉬지 않고 무언가를 배운다는 건 어렵다는 말이다.

심지어 12일이라는 시간 동안 집중력을 날카롭게 유지하는 것은 더욱 어렵다.

하지만 카이는 그 어려운 일을 해내고 말았다.

"모험가라는 건 정말 신기하군."

검을 검집에 넣은 바체가 조곤조곤한 목소리로 말했다.

"카이. 그대를 무시하고자 하는 말은 아니지만…… 그대는 검술에 대한 재능도 부족하고, 골격은 빈말로도 검술을 연마하기에 좋은 형태가 아니다. 아, 그렇다고 머리가 좋은 것도 아니군."

"무시하고자 하는 말이 아닌 거 확실합니까?"

"말은 끝까지 들어라. 그런 애매한 재능에도 불구하고 자신만의 개성적인 검술을 보유했다는 것에 놀랐다는 말이니까. 그대보다 훨씬 재능이 뛰어난 이들도 쉽게 이룰 수 없는 것이 자신만의 검을 지니는 일이다."

"으음…… 그렇다면 바체 님이 보기에 현재 제 검술 수준은 어떤가요."

카이의 질문에 바체는 팔짱을 낀 손에 턱을 괴고, 진지하게 생각하기 시작했다.

"그렇군. 자신만의 검을 만들어낸 것은 분명히 대단한 일이지만, 검술 자체가 완성되지는 않았어. 그렇다는 건 나와 같은 '마스터'들의 상대가 될 수는 없다는 뜻이겠지. 하지만 그런 부분을 감안하더라도…… 어디 가서 얕보일 정도의 실력은 아니다."

그것은 상당히 애매한 평가였다.

하지만 카이는 제법 만족한 표정을 지었다. 왜냐하면 그가 물어본 것은 '검술 수준'에 한정되어 있었으니까.

만약 카이가 '제가 얼마만큼 강한가요?'라고 물었다면, 돌아오는 대답은 달라졌을 것이 분명했다.

'내가 전력을 다한다면, 사용할 수 있는 건 검술뿐만이 아니니까.'

언데드 대군을 비롯해서 쿼드라플 캐스팅으로 쏟아내는 마법. 게다가 강림 스킬을 이용한 선대 사도의 현현까지!

카이의 머릿속에서는 자신이 패배하는 그림이 잘 그려지지 않을 정도였다.

'12일간 제법 많은 것을 얻었어.'

이번 대련에서 얻은 것은 효율적으로 움직이는 것만이 아니었다.

[고급 여명의 검법 LV. 7]

바로 여명의 검법.

한동안 정체되어 있던 검법의 숙련도가 지난 12일 동안 무려 고급 7레벨까지 올라간 것이다.

스페셜 칭호인 '전설 기술 보유자'의 칭호 효과로 인해 모든 스킬의 성장 속도가 상승된 덕이 컸다.

"아. 그러고 보니……."

문득 무엇이 생각났는지, 바체가 입을 열었다.

"검술 실력에 대한 이야기가 나온 김에 묻는 거지만, 혹시 로열 나이트에 들어올 생각은 없나?"

"……예?"

깜빡이도 켜지 않고 훅 들어온 바체의 질문에 카이가 황당한 표정을 지었다.

"아니, 그런 질문을 무슨 점심은 먹었냐는 듯이 아무렇지도 않게 물어요?"

"미안하군."

"사과하실 필요는 없고요……."

이마를 짚은 카이는 바체의 제안에 대해 생각해 보았다.

'로열 나이트라…….'

바체는 아무렇지도 않게 말했지만, 로열 나이트라는 집단이 지닌 명성과 상징성을 생각해 보면 이건 절대 가벼운 제안이 아니었다.

실제로 플레이어 중에는 로열 나이트는커녕 왕실 기사단에 입단한 이조차 없었으니까.

"그런데 생각해 보니 로열 나이트에서는 검술 실력만 보는 게 아니잖아요? 왕가에 대한 충성심을 엄청 세세하게 따지지 않습니까?"

"그 부분이라면 폐하께서 귀띔을 해주신 적이 있다. 최소한 뒤통수를 칠 녀석은 아니니 쓸 만해지면 받아도 좋다고 하시더군."

"허."

정말이지 쿨한 사람들이다.

물론 베오르크 국왕의 경우에는 '절대자의 시선'이라는 안전장치가 있기에 그럴 수 있겠지만.

대상의 진위 여부를 파악하는 이 사기적인 스킬은, 이미 카이에게 몇 번이나 사용되었다.

'그래서 그렇게 안심을 할 수 있는 건가.'

하긴, 베오르크 국왕에게 절대자의 시선이 있는 이상 배신의 성공률은 한없이 0에 가까울 수밖에.

띠링!

[로열 나이트 입단 제의를 받으셨습니다.]

[만약 로열 나이트의 일원이 된다면, 베오르크 국왕을 제외한 그 어떤 귀족에게도 고개를 숙이지 않아도 됩니다.]

[바체의 제안을 수락할 시, 스페셜 칭호 '로열 나이트'를 획득하게 됩니다.]

[로열 나이트들에게는 라시온 왕궁 공방에서 제작한 최고급의 무구와 집, 막대한 금화가 수여됩니다.]

하나같이 달콤한 제안들이다. 그러나 카이는 단 1초의 고민도 없이 고개를 내저었다.

"제안은 감사드리지만, 사양하겠습니다."

"이유를 물어봐도 되겠나?"

"로열 나이트는 기본적으로 국왕 폐하께 충성을 맹세하고 그분을 위해서만 움직이는 집단으로 알고 있습니다."

"정확하다."

"하지만 저는 모험가. 한곳에 묶이기보다는 이 넓은 대륙을 여행하며 더 많은 것을 보고, 느끼고 싶습니다."

NPC의 제안을 정중하게 거절할 때의 대답으로는 그야말로

100점. 모범 답안이나 다를 게 없었다.

실제로 바체는 자존심이 상한다기보다 이해한다는 표정으로 고개를 끄덕였다.

"하긴…… 평생을 모험가로서 떠돌아다닌 자네가 라시온 왕궁에만 묶여 있는 것이 답답하기도 하겠군. 그대의 선택을 존중하지."

"배려에 감사드립니다."

카이는 진심으로 바체의 배려에 감사했다. 제안을 거절했을 때, 잘하면 호감도 하락까지 이어질 수 있었다고 생각했으니까.

'사실 로열 나이트가 지닌 상징성을 생각하면 거절할 때의 리스크도 없을 수는 없으니까.'

말 그대로 바체의 넓은 이해심과 배려에 감사할 수밖에 없는 상황에 심지어 바체는 거기서 한술 더 떴다.

"아, 그리고 피곤할 텐데 저쪽의 욕탕을 이용해도 좋다."

감동을 받은 카이가 바체의 안내를 받아 욕탕에 들어간 사이, 왕궁이 떠들썩해졌다.

"그 얼음 덩어리가 모험가에게 입단 제안을 했다고?"

"예, 욕탕에서 두 사람이 대화를 나눈 것은 이미 궁 내부에

퍼진 상태입니다."

왕궁에는 비밀이라는 단어가 없다.

그것은 말 그대로, 왕궁에서 나누는 대화는 누군가의 귀에 반드시 들어간다는 말이었다. 실제로 바체와 카이가 나눈 대화는 빠르게 궁 내부로 퍼져 나갔다.

"모험가 주제에 로열 나이트라니?"

로열 나이트 수호기사단의 단장 파발은 심기가 불편한 표정으로 제 부하를 쳐다보았다.

"그래. 그 모험가는 뭘 하는 놈이지?"

"아마 들어본 적 있으실 겁니다. 카이라고 하는 모험가입니다."

"카이? 카이, 카이라…… 아아아! 혹시 지난번에 그 아오사를 처치했다는 모험가 아닌가? 비르 평야에서 뮬딘 교와 싸우고 폐하께 포상을 받은 녀석."

"맞습니다."

"헌데 녀석의 실력이 로열 나이트에 입단할 정도라고? 그런 보고를 받은 적은 없는데?"

파발의 눈빛이 날카로워지자, 수하가 고개를 숙였다.

"그동안 폭발적인 성장을 한 것으로 추정됩니다."

"하긴, 그 얼음 덩어리가 재수는 없어도 일 처리에 사적인 감정을 집어넣지는 않으니까."

파발은 고개를 절레절레 저으며 산처럼 쌓인 서류더미를 향해 손을 뻗었다.

"흥. 철혈 단장 덕분에 로열 나이트의 질이 나날이 떨어지는 군. 하다 하다 로열 나이트에 모험가 단원마저 생기는 건가."

"아, 그 부분은 걱정하지 않으셔도 될 것 같습니다. 카이는 철혈 단장의 제안을 거절했다고 들었으니까요."

멈칫.

서류철을 향해 나아가던 파발의 손이 덜컥 정지했다.

단번에 인상을 구긴 그는 낮게 으르렁거리며 물었다.

"지금 뭐라고 했지?"

"카, 카이는 철혈 단장의 입단 제안을 거절했습니다. 그는 로열 나이트의 일원이 되지 않을 것입니다."

"설마 위대하고 자랑스러운 로열 나이트의 일원이 될 기회를 걷어찼다는 건가?"

"그렇습니다."

그 대답에 파발이 이를 드러내며 웃었다.

"그놈 참 웃기는 놈이로군. 그런데…… 너무 건방진 것 아닌가?"

"저도 그렇게 생각합니다."

로열 나이트는 라시온 왕국의 모든 기사들이 들어가기를 꿈꾸는 기사 집단이었다. 심지어 라시온 왕국의 기사 수준이 3왕국 중 최고라는 소리를 듣는 데에는 로열 나이트의 존재가 큰 비중을 차지하고 있을 정도로 그 명성은 나날이 높아져 갔다.

"그 녀석이 로열 나이트에 들어오는 것은 이쪽에서 사양이다. 하지만 거절을 하더라도 이쪽에서 해야 하는 법. 감히 모험가 따위가 로열 나이트의 일원이 되는 것을 거절해……?"

로열 나이트는 최고, 최강의 집단이다. 그런데 일개 모험가 따위가 이곳에 들어오는 것을 거절하다니. 로열 나이트의 명성이 바닥에 떨어지는 것이나 다름없는 것 아닌가?

"철혈, 그 고아 녀석 때문에 별 개같은 일이 생기는군. 지금 당장 준비해라."

자리에서 벌떡 일어난 파발은 외투를 챙겼다.

"어디로 가시겠습니까?"

"오히려 잘 되었어. 만차를 불러와라. 그 모험가 녀석을 테스트하겠다."

"철혈 쪽 애들과 크게 충돌할 수도 있습니다."

"내 말 못 들었나? 단순한 테스트일 뿐이야. 애초에 모험가를 로열 나이트에 받는다는 건 단순한 일이 아니다. 만약 내가 간단한 검증을 하겠다는데 철혈 쪽에서 반대한다면, 카이라는 놈의 자질을 의심하면서 물고 늘어지면 돼."

생각해 보니 정말 잘 되었다는 생각이 들었다. 카이라는 녀석을 흠씬 두들겨 패서 로열 나이트에 입단할 자격이 없음을 증명도 하고 바체 녀석의 눈이 옹이구멍임을 증명할 수도 있는 일석이조의 기회였으니까.

"가르침에 다시 한번 감사드립니다."

"뭘 인사까지. 그대는 가르치는 재미가 있는 편이기에 나도 유익한 시간을 보냈다."

바체는 담담한 음성으로 답했지만, 카이는 그 목소리에 담긴 아쉬움을 읽어낼 수 있었다.

'12일. 짧다면 짧은 시간이지만, 이런 감정을 읽어낼 정도로 친해진 건가.'

고개를 숙인 카이는 바체에게 보이지 않게끔, 어렴풋이 미소를 지었다. 그가 고개를 들었을 때 미소는 이미 사라진 상태였다.

"이제 어디로 갈 생각이지?"

"타락의 성지라는 곳으로 갈 생각입니다. 지르칸을 처치했을 때 알게 된 장소이지요."

"이름만 들어도 불길한 장소로군."

"모험할 맛이 날 것 같습니다."

"못 말리겠군."

희미하게 웃어 보인 바체가 고개를 절레절레 흔들며 카이를 배웅했다.

그때였다. 일련의 무리가 제법 흉흉한 기세로 두 사람에게

다가온 것은.

"저들이 왜……."

조그맣게 중얼거린 바체는 카이의 앞을 막아서며 다가오는 무리를 멈춰 세웠다.

"동쪽을 지켜야 할 수호 기사단이 서쪽 구역에는 무슨 일이지?"

그 질문에 답을 한 것은 무리의 가장 앞에 선 대머리의 거구 사내였다.

그는 끓어오르는 분노를 힘겹게 참아 넘긴 듯한 목소리를 뱉어냈다.

"비켜라, 철혈. 오늘은 네놈에게 용무가 있는 것이 아니라 네 뒤의 모험가에게 있으니까."

"그는 나의 손님이니 나의 일이기도 하다. 이해를 못 한 것 같으니 다시 묻겠다. 무슨 일이지?"

그 질문에 대머리 거구의 강렬한 눈빛이 바체를 노려봤다. 바체 또한 이에 지지 않고 차갑게 가라앉은 눈빛으로 그를 응시했다.

"누가 보면 싸움이라도 걸러 온 줄 알겠군. 난 단순히 저 모험가의 자질을 테스트하고 싶을 뿐이다."

"자네가 대체 무슨 권한으로 그를 시험하지?"

"안 될 게 어디 있나? 나는 로열 나이트의 수호 기사단장이다. 당연히 모험가를 로열 나이트에 받으려면 나의 동의도 있어야지."

"웃기는 소리. 그가 로열 나이트의 일원이 되더라도 철혈 기사단에 배정될 것이다. 자네의 동의 따위는 필요 없어."

"하지만 자네가 자질도 없는 이를 무분별하게 받으니 최근 로열 나이트의 수준이 떨어지네 마네 하는 말이 나도는 것 아닌가?"

한바탕 설전이 오갔다. 상황이 말로 해결될 것 같지 않자, 바체가 허리 부근의 검집을 툭 치며 말했다.

"나의 손님을 시험하고 싶다면, 나의 시험을 받은 후에야 가능할 것이다."

"큭, 그렇게 나오면 얌전히 물러갈 줄 알았나 보지?"

파발의 손도 어느새 등 뒤의 롱소드와 방패 쪽으로 옮겨지는 중이었다.

"잠시만요."

바체의 등 뒤에서 걸어 나온 카이가 입을 열자 모두의 시선이 그에게 쏠렸다.

"괜찮습니다."

바체를 안심시킨 카이가 파발의 앞으로 다가갔다.

"혹시 아시는지 모르겠는데, 저는 이미 로열 나이트의 입단을 거절했습니다. 그쪽의 시험을 받을 이유는 하등 없는 것 같습니다만."

"그쪽? 허……."

파발은 카이의 당돌함이 재미있다는 듯 어깨를 들썩이며

끅끅 웃었다.

"겁이 나서 도망치는 건가?"

"편하신 대로 생각하십시오."

"큭. 그렇다면 나는 국왕 폐하께 그대의 자질이 부족하다는 보고를 올려도 되겠군. 철혈 기사단장의 부족한 안목이 세상에 널리 퍼지겠어."

원하는 것을 쟁취했다는 듯, 파발은 미련 없이 몸을 돌려 자리를 떠나려고 했다.

"잠깐, 멈추세요."

카이의 목소리는 떠나가는 파발의 발목을 붙잡았다.

'걸렸군.'

이에 미소를 지은 파발이 태연한 표정으로 고개를 돌렸다.

"흐음. 그새 마음이라도 바뀐 건가?"

"예. 그까짓 실력 테스트. 받겠습니다."

은인이나 다름없는 바체에게 폐를 끼칠 수는 없었기에 내린 결정이었다.

결국 듣고 싶은 말을 끌어낸 파발은 호기롭게 웃었다.

"진작 이랬으면 얼마나 좋나. 그렇다면 자네가 상대할 기사는 내가 직접 지목해……."

"아뇨, 어차피 받을 거라면 어중이떠중이와 붙고 싶지는 않습니다."

카이의 입가에는 파발의 얼굴 위에 떠 있는 그것과 똑같은, 아니, 오히려 더 만족스러워 보이는 미소가 떠올랐다.

"나와서 한 수 가르쳐 주시지요."

"뭐? 내가 왜 그딴 일을……."

"아, 혹시 겁이 나서 도망치시는 겁니까?"

히죽거리며 웃은 카이는 바체를 쳐다봤다.

그러자 단번에 상황을 파악한 바체는 태연스럽게 입을 열었다.

"국왕 폐하께 보고해야겠군. 수호 기사단장의 자질이 의심스럽다고."

"이, 이 새끼들이 지금……."

자신이 써먹었던 상황을 그대로 돌려받은 파발의 얼굴이 붉어졌다.

잘 구워놓은 문어처럼 새빨개진 두상!

"……오냐, 그렇게 원한다면 직접 가르쳐 주도록 하지."

철그렁.

등 뒤에서 한 자루의 롱소드와 방패를 꺼내 든 파발이 카이를 죽일 듯 노려보며 중얼거렸다.

"……잘 들어라."

철혈 기사단과 수호 기사단이 서로를 노려보며 으르렁 거리고 있는 왕궁 내부의 연무장. 바체는 그곳의 구석에서 대기 중인 카이에게 은밀히 속삭였다.

"네가 도발한 녀석의 이름은 파발. 수호 기사단장이다."

"아까 들었습니다. 솔직히 조금 의외네요. 하는 짓을 보면 정치질만 잘하는 녀석 같은데."

"수호 기사단장이라는 자리는 정치질만으로 쟁취할 수 있는 자리가 아니다. 인정하기는 싫지만, 실력은 나와 비슷하다고 생각하는 게 편할 거다."

바체를 흘깃 쳐다본 카이가 물었다.

"바체님보다 쎕니까?"

"당연히 내가 훨씬 더 강하지."

대답은 머릿속 뉴런을 거치지 않은 채 즉각적으로 튀어나왔다.

카이가 그 당당함에 감탄을 하려는 즈음, 조용한 목소리로 사족이 붙었다.

"물론 결판이 날 때까지 붙어본 적은 없지만……."

"……."

먼 산을 바라보는 바체를 짜게 식은 눈으로 쳐다보던 카이가 재차 질문했다.

"그런데 수호 기사단이면 방어에 특화되어 있을 테니, 의외로 쉽지 않을까요?"

"누가 그러지? 저들이 방어에 특화되어 있다고."

"네? 그야……."

카이는 고개를 빼꼼 내밀어 기사단원들을 쳐다보았다.

그들의 손에 잡힌 단단하고 반짝거리는 둥그런 방패는 지팡이처럼 땅을 지탱하는 중이었다.

"방패를 들고 있잖아요? 물론 검도 들고 있지만요."

"그대도 다른 이들과 마찬가지로 크나큰 착각을 하고 있군. 시간이 없으니 간단하게 설명하지. 알고 있겠지만 로열 나이트에는 두 개의 기사단이 존재한다."

각각 철혈과 수호라는 이름이 붙은 두 개의 기사단이 바로 그것이다.

"내가 이끄는 철혈 기사단은 국왕 폐하의 안전을 최우선으로 생각한다. 허나, 우리는 기본적으로 폐하의 검이다."

"검이요?"

"그래. 최선의 방어는 공격이라는 일념으로 폐하의 명을 받아 걸리적거리는 방해물은 모조리 없애 버리는 것이 우리 '철혈'이 존재하는 이유다."

"그렇다면 수호 기사단은 국왕 폐하의 방패겠군요."

"그래. 그들의 파괴력은 절대 부족하지 않다. 유사시에는 적들의 포위망을 뚫고 폐하를 탈출시키는 것도 그들의 임무이니 방심은 금물이다."

한 마디로 저들이 지닌 송곳은 철혈에 대해 무디지 않다는 소리다.

그러나 호사가들은 수호 기사단을 방어에 특화된 거북이마냥 묘사한다.

'철혈 기사단이랑 사이가 좋을 수 없는 게 당연하겠구나.'

지닌 실력은 비슷하고 부여받은 역할만 다를 뿐인데, 그들을 대우하는 사람들의 온도가 차이 나니 열이 받을 수밖에.

'물론 그렇다고 시비를 건 것이 정당화되는 건 아니지.'

카이는 몸을 풀고 있는 파발을 쳐다보며 바체에게 물었다.

"약점은 없습니까?"

"나와 대련할 때 약점을 찾을 수 있던가?"

"……젠장. 없다는 소리를 굉장히 고급지게 하시네."

"없지는 않다. 다만, 그대의 실력으로 그 약점을 찾을 수 없을 뿐. 허나 너무 걱정하지 마라."

"걱정이 어떻게 안 됩니까?"

"그야 파발과 대련할 때는 검술만 사용할 필요가 없으니까."

"……어?"

생각지도 못한 충고에 카이가 눈을 깜빡였다.

'확실히 그래.'

바체와의 대련에서 일부러 검술만 사용한 것은, 스스로의 의지 때문이었다.

하지만 파발과의 대련은 검술을 배우기 위함이 아니었다.

'그냥 싸우는 거나 다름없지.'

그렇다면 이쪽에서 굳이 리스크를 감수하면서 다른 기술을 사용하지 않을 필요가 없다는 소리.

카이가 씨익 미소를 지었다.

"그게 또 그렇게 되나요?"

"그렇게 된다."

바체와 카이가 서로를 쳐다보며 의미심장한 미소를 짓고 있을 때, 파발이 소리쳤다.

"거, 준비 한번 더럽게 오래 걸리는군! 아예 무구를 만들어 올 생각인가?"

"……베오르크 국왕께서는 왜 저렇게 성질 더러운 놈을 수호 기사단장으로 두는 겁니까?"

"성격은 더러워도 국왕 폐하를 향한 녀석의 충성심만큼은 진짜다. 실력도 있고."

고개를 절레절레 흔든 바체가 가볍게 카이의 등을 밀었다.

"가라. 지금부터는 온전히 그대만의 시간이다."

앞으로 시작될 대련에서 바체가 해줄 수 있는 것은 아무것도 없었다.

그의 말대로, 지금부터는 온전히 카이가 헤쳐나가야 하는 길. 누군가가 대신 걸어줄 수 있는 것이 아니었다.

"다녀오겠습니다."

파발은 호기롭게 연무장 중앙으로 걸어오는 카이를 환대했다.

"이제야 나오는 건가? 굼벵이 같은 놈이군."

"늦어서 죄송합니다. 평소에 거북이라는 말을 많이 들어서 늦으실 줄 알았는데, 생각보다 빠르시네요."

"뭐? 거북이?"

세상에서 거북이라는 말을 제일 싫어하는 파발의 정수리에서 후끈한 열기가 피어올랐다. 파발은 진지하게 신성 폭발을 사용했는지 의심이 될 정도로 진한 스팀을 뿜어냈다.

"내 앞에서 그 단어를 입에 담고도 무사할 거라 생각하는 건가?"

"불쾌하셨다면 사과드리죠."

"어이, 사냥개를 믿고 깝치는 것도 적당히 해라. 애송이."

카이가 인상을 찌푸렸다. 도발을 한 것은 자신인데, 파발은 애꿎은 바체를 사냥개라고 낮잡아 불렀기 때문이다.

"그건 제가 알아서 할 테니, 번견께서는 신경 쓰지 않으셔도 될 것 같습니다."

번견(番犬). 언뜻 보면 제법 있어 보이지만, 뜻을 풀이하면 집이나 문을 지키는 개를 이르는 말이다. 베오르크 국왕을 수호하는 수호 기사단장에게는 딱 어울리는 별명.

"……그래. 더 하고 싶은 말이 있다면 지금 해라. 응? 그 잘난 주둥이를 놀릴 수 있을 때 말이야."

파발의 눈동자에는 살기가 번들거렸다.

'그래, 차라리 저러는 게 나도 편하지.'

이성을 잃은 적만큼 상대하기 쉬운 것은 없으니까.

바체가 까다로운 이유도 그것 때문이었다.

그는 항상 잔잔한 호수처럼 평정심을 유지한다.

'실력은 어떤지 몰라도, 도발에는 쉽게 걸려드니 편하네.'

만족스러운 미소를 지은 카이가 롱소드를 뽑자, 파발이 손가락을 까딱였다.

"당장 덤벼라. 나에게서 5분을 버티면 시험에 통과했다고 인정해 주지."

"10분을 버티면요?"

"너의 승리라고 인정해 주마."

"그럼 그전에 당신을 쓰러뜨리면?"

"하. 네까짓 게 나를?"

파발이 코웃음을 치며 으르렁거렸다.

까앙까앙!

그는 자신의 방패와 검을 교차시키며 두드렸다. 그러고는 몸을 한 바퀴 돌리며 선포했다.

"이 자리에서 확실하게 말하지! 만약 내 무릎이 바닥에 잠깐이라도 닿는다면, 나 파발은 패배를 인정하며 앞으로 저 모험가 놈을 선생님이라 칭하겠다!"

"호오."

멀리 서 있던 바체가 재미있다는 듯 미소를 지었다.

그 모습을 발견한 파발도 마주 웃었다.

"정신 나간 놈이군. 지금 네놈이 웃을 상황이 아닐 텐데."

"글쎄, 뚜껑은 열어봐야 아는 법 아니겠나."

"쓰레기통은 뚜껑을 열기도 전에 그 안에 쓰레기가 들어 있다는 걸 알 수 있는 법이지."

"앞이나 봐라."

"뭐?"

파발은 인상을 찌푸리며 정면을 쳐다봤다.

그의 시야로 들어온 것은 코앞까지 닥친 뾰족한 검신!

"크윽!"

까아아앙!

파발은 황급히 왼팔에 달아놓은 방패를 올려 카이의 기습을 튕겨냈다.

"비겁한! 기사도도 없는 놈이 로열 나이트라니!"

"아, 그래서 안 한다고 한 거잖아요."

귀찮다는 듯 심드렁하게 대꾸한 카이는 몸을 뒤로 훌쩍 날렸다.

"나에게서 도망칠 수 있을 거라 생각하지 마라. 대륙 끝까지 쫓아가 주지."

살짝 위험한(?) 발언을 뱉어낸 파발이 사나운 맹수처럼 달려들었다.

'입에서 살려달라는 소리가 절로 나올 때까지 두들겨 주지.'

물론 살려주지는 않을 것이다.

어차피 죽여도 되살아나는 모험가. 이참에 놈을 죽인다면 바체 놈에게도 확실한 경고가 될 터.

쉬이이익!

파발의 검이 허공을 파고들었다.

바체의 말처럼, 그와 동급의 실력이라 칭하기에 부족함이 없는 깔끔한 찌르기였다.

"……뭐?"

하지만 카이는 지난 12일 동안 바체와 대련을 했다. 심지어 그는 대련 말미에 바체에게 '독종'이라는 단어까지 끌어낸 인물이다.

스윽.

딱 한 뼘 차이. 더도 말고 덜도 말고, 자신의 몸을 완벽하게 컨트롤하고 있는 카이는 한 뼘 차이로 파발의 공격을 피해낸 것이다.

"뭐, 뭐냐 저 효율적인 움직임은……!"

"……초심자의 행운이라는 거겠지. 상식적으로 생각해 봐. 모험가가 단장님의 공격을 딱 한 뼘 차이로 피한다는 건 말이 안 된다."

동요하는 수호 기사단원들. 반면에 철혈 기사단원들은 흐뭇한 미소를 지었다.

"캬, 역시 카이야. 기가 막히네."

"내가 저 녀석 비르 평야에서 눈 까뒤집고 미친놈처럼 싸울 때부터 알아봤지."

"될성부른 나무는 떡잎 때부터 다르다고, 피칠갑을 해가면서 뮬딘 교 잔당들을 찾아 헤매던 녀석이야."

함께 전장을 굴러본 이들의 전우애는 남다른 법!

물론 파발은 주변의 그러한 반응을 싸그리 무시했다. 대련을 시작한 이상, 그는 카이에게만 모든 신경을 집중했다.

"흥. 움직임은 제법 쓸만하군. 몸을 효율적으로 움직일 줄 아는 놈이야. 25점 주지."

"10점 만점이겠죠?"

"미친놈. 100점 만점이다!"

버럭 화를 낸 파발이 다음 공격을 내뻗었다.

이번에 날아간 것은 검이 아닌 방패였다.

'방패로 공격을?'

화들짝 놀란 카이였으나, 가볍게 발을 굴러 또 한 번 공격 범위를 벗어났다.

이번에도 한 뼘 차이.

"아까의 움직임이 얻어걸린 건 아니었던 모양이군."

파발은 공격이 연이어 빗나갔음에도 히죽 웃었다.

'웃어? 이 상황에서?'

무언가 이상함을 느낀 카이가 인상을 찌푸리는 순간, 바체가 소리쳤다.

"조심해라!"

스거어어억!

파발의 방패에서 튀어나온 원형의 강기가 카이의 머리카락을 자르면서 지나갔다. 만약 바체의 경고가 조금만 더 늦었고, 카이의 반사신경이 볼품 없었다면 치명상을 입었을 만한 위협적인 공격이었다.

'방패에 강기를 두른다고? 이런 말도 안 되는……!'

강기라는 건 마스터 랭크만이 사용할 수 있는 고유의 기술이다. 당연히 바체와 동급의 실력자라는 것을 알고 있었으니 충분히 경계는 했다.

하지만 검이 아닌 방패에서 강기가 솟아날 줄은 상상조차 하지 못했다.

'내가 너무 안일했어.'

만약 자신이 바체와 진검 승부를 했다면, 처음부터 이런 식으로 안일하지는 않았을 터.

하지만 아직 늦은 것은 아니다.

카이는 두 눈을 반짝이며 입을 달짝였다.

"블레스, 태양의 갑옷, 태양의 축복, 헤이스트."

온갖 버프를 때려 박은 카이의 움직임이 눈에 띄게 좋아졌다.

"호오, 나름 비장의 한 수가 있었나? 35점 주지."

"신성 폭발."

거기서 한층 더, 폭발적으로 빨라지는 움직임.

하지만 파발은 여전히 피식 웃음을 터뜨렸다.

카이가 아무리 빨라졌다고 해도, 그에게는 가소롭게 보일 정도였으니까.

실제로 지금 카이가 선보이는 속도건 자신의 부하들도 손쉽게 낼 수 있는 수준이었다.

"신성 폭발이라? 그건 제법 효과가 좋군. 45점."

"솔라 필드."

카이를 중심으로 연무장 바닥에 황금빛 물결이 퍼져 나갔다. 동시에 파발의 입가에 맺혀 있던 미소도 옅어지기 시작했다.

"……60점."

"성검 소환."

띠링!

[사도의 성물 세 개를 장착했습니다.]

[세트 효과 : 사도의 길이 활성화됩니다.]

[모든 스탯이 100 상승합니다.]

[신성력을 소모하는 모든 스킬의 효과가 30% 증가합니다.]

…….

파발의 입가에서는 더 이상 옅은 미소조차 찾아볼 수가 없었다.

어느새 딱딱하게 굳어버린 표정.

"숫자 왜 안 세요?"

눈만 부릅뜨고 있는 파발을 쳐다보며 가볍게 웃음을 터뜨린 카이의 달싹이는 입술 사이로 마지막 스킬 명이 흘러나왔다.

"강림 스킬 사용, 수호의 시미즈."

-어머, 웬일로 기특한 일을 다 하시네요.

살갑게 웃은 전장의 여제가 다시 한번 카이의 몸에 깃들었다.

꿀꺽.

누군가가 침을 삼키는 소리. 평소에는 들리지도 않을 미약한 소리였지만, 바늘 떨어지는 소리조차 천둥처럼 들릴 지금의 연무장에서는 달랐다.

'마, 말도 안 돼.'

'물론 철혈 기사단장이 로열 나이트 입단을 권유했다는 부분에서 어느 정도 실력이 있을 거라 생각하기는 했지만……'

'이 압박감, 피부까지 찌릿찌릿해지는 이 떨림!'

'단장님과 견주어 부족함이 없는 강자다.'

수호 기사단원들이 불안함을 느낄 때, 파발의 머릿속은 엉킨 실타래처럼 복잡해져 갔다.

'이, 이게 대체 무슨……'

뒤에 있는 수호 기사단원들은 모르겠지만, 파발은 똑똑히 느낄 수 있었다. 현재 카이를 상대하고 있는 것은 그 누구도 아닌 바로 자신이었으니까.

'강하다, 정말 강해.'

카이의 어깨너머를 슬쩍 쳐다보니 흐뭇하게 웃고 있는 바체 녀석이 보였다.

'치밀한 놈! 처음부터 이 순간을 위해 함정을 파두었던 것인 가……!'

물론 크나큰 착각이었지만, 파발이 이를 알 리는 없었다.

고오오오.

솔라 필드와 강림 스킬의 효과로 전신에서 황금빛 입자를 뿌려대는 카이에게서는 평소 자신이 괄시하던 모험가의 모습을 찾아볼 수 없었다.

'내가 비록 신성력과 교단에 대해서는 잘 모르지만……'

저렇게 짙은 농도의 신성력이라면 최소 대주교는 되어야 할 터.

파발은 상황이 좋지 않다는 것을 빠르게 깨달았다. 동시에 머리도 빠르게 굴러갔다.

'득 볼 것이 없는 상황이다.'

이건 조금 전까지만 해도 카이의 실력을 검증하기 위한 '시험' 이었다. 시험관인 자신이 이기는 것이 당연한 '룰'이었던 무대.

실제로 파발은 자신의 승리를 의심하지 않았다. 그저 어떤 식으로 카이를 괴롭히고, 최후를 안겨줄지를 고민했을 뿐.

하지만 그 기본적인 명제는 대련이 시작된 지 3분도 지나지 않아 뒤틀렸다.

꿀꺽.

파발이 침을 꿀꺽 삼켰다. 이 대련이 더 이상 카이라는 모험가를 시험하기 위한 무대처럼 느껴지지 않았기 때문이다. 오히려 상대가 자신을 시험하는 듯한 기분마저 들 정도였다.

'이겨야 본전, 무승부를 기록하면 체면을 크게 구긴다. 그럴 리는 없겠지만, 만에 하나 패배라도 한다면⋯⋯.'

파발의 안색이 싹 변했다.

누군가가 머릿속에서 빛의 정령이라도 터뜨린 것마냥 사고가 제대로 이어지지 않았다.

결국 그가 택한 것은 '회피'였다.

"흠, 흠."

가볍게 헛기침을 내뱉은 파발이 무기와 방패를 슬그머니 거두었다.

"자네의 기세를 보니 시험을 받을 수준은 아득히 넘어선 것 같군. 100점 만점에 100점을 주겠다. 무의미한 대련은 그만하도록 하지."

카이를 대하는 말투부터 살짝 공손해졌다. 그 사실을 모를 리

없는 철혈 기사단원들은 새어 나오려는 웃음을 억지로 참았다.

'그 수호 기사단장이 저렇게 약한 모습을 보이다니……'

'지금 보니 상당히 귀여운데?'

'큭큭, 잘 구운 문어처럼 머리 전체가 붉어진 것 봐.'

카이가 느끼는 감정도 그들과 크게 다를 바 없었다.

굳이 다른 점이 있다면, 그는 이대로 대련이 끝나는 것이 탐탁지 않다는 것뿐.

'자리를 피하시겠다?'

하지만 자신은 이미 이 대련을 위해 선행 스탯을 20개나 투자했다.

'그러니 곱게 보내줄 수는 없지.'

카이가 고개를 흔들었다.

"남자가 칼을 뽑았으면 무라도 베어야지요. 전 괜찮으니 계속합시다."

"크흠. 거 참 고집이 강한 작자로군. 내가 설마 나를 위해 이런 말을 꺼내는 것 같나?"

파발은 주위를 둘러보며 애꿎은 기사들을 걸고 넘겼다.

"우리 정도의 힘을 지닌 존재가 충돌하면 주변에 끼치는 피해도 막대할 것이네. 이곳은 왕궁. 멋대로 날뛰어도 되는 장소가 아니란 말이다. 기사들이 다칠 것은 물론이고, 왕궁에 큰 손해가 발생할 걸세."

냉정하게 따지면 파발의 말은 사실이었다. 동시에 그것은 여태까지 바체와 파발의 서열 정리가 이루어지지 못한 이유이기도 했다.

"아, 그건 걱정 마세요."

상대가 바체였다면 저 말을 통해 설득시키고 상황을 모면할 수 있었을 터.

하지만 상대는 다름아닌 카이였다. 자신을 건드리지 않았다면 모를까, 한 번 문 먹잇감은 놓쳐본 적이 없는 '독종'.

"파발 녀석이 불쌍할 정도로군."

바체가 옅은 한숨을 내쉬며 고개를 흔들었다.

그리고 다음 순간, 카이가 입을 열었다.

"절대수호영역 선포."

우우우우웅.

동시에 거대한 울림과 함께 강대한 신성력이 연무장 주변을 휘몰아쳤다. 신성력은 순식간에 사각 형태의 벽으로 일어나며 일대를 뒤덮었다.

"이, 이건?"

"절대수호영역입니다. 저기 하늘에 계신 사탕과 과자의 신께서 신벌이라도 내리지 않는 이상 깨지지는 않아요. 그러니 안심하시고 대련에 '전력으로' 임하셔도 됩니다."

"그런 허무맹랑한!"

카이의 말을 믿을 수 없던 파발은 그대로 마나를 끌어 올렸다.

까아아아아아아앙!

그의 검과 방패에서 일어난 강기는 절대수호영역을 몇 번이고 두드렸다. 하나 신성의 방벽은 깨지기는커녕, 실금조차 일어나지 않았다.

그때부터였다. 파발의 정수리에서부터 굵은 땀방울이 줄줄 흐르기 시작한 것은.

'이, 이런 말도 안 되는……'

그는 라시온 왕국의 자랑스러운 수호 기사단장이다. 당연히 마나를 이용한 방벽 정도는 그도 세울 수 있었다.

'하지만 강기로 수십 번이나 두드려도 금조차 가지 않는 방벽…… 절대수호영역이라니?'

이건 이제 전설로 회자되는 태양교의 초대 교황. 수호의 시미즈의 방벽과 견주어도 손색이 없을 정도 아닌가.

"아차. 이걸 깜빡할 뻔했네요."

제 이마를 두어 차례 두드린 카이가 손가락으로 파발을 가리켰다.

"무장해제."

철컥, 철컥.

기분 좋은 울림.

지난번에 루시퍼가 그랬듯, 파발이 입고 있는 갑옷의 형태는 그대로였다. 하나 지금부터 저 갑옷들은 가죽 갑옷보다 못한 성능을 지니게 될 터.

[수호 기사단장, 파발에게 무장해제 스킬을 사용했습니다.]
[파발의 모든 방어력이 0으로 고정됩니다.]
[사용자의 모든 공격은 파발에게 치명타로 적용됩니다.]

"음……!"

파발은 자신의 몸에 어떠한 일이 일어났는지를 단번에 깨달았다.

'마치 발가벗겨진 기분이다.'

강철 갑옷을 껴입고 있었지만, 실오라기 하나를 걸친 것처럼 무방비한 기분이 느껴졌다. 파발은 난생처음 느끼는 박탈감과 함께 흔들리는 눈빛으로 카이를 쳐다봤다.

"계속 피하기만 했으니, 이번엔 제가 가겠습니다."

카이의 무릎이 유연하게 구부러졌다.

하나, 필요 이상으로 구부리지는 않았다. 딱 추진력을 최대한으로 끌어올릴 수 있을 정도로만 굽혀진 무릎.

그 무릎이 시원하게 펴졌을 때, 카이의 신형은 이미 파발의 코앞에 도착한 상태였다.

'빠, 빠르다……!'

가공할 속도.

하나 파발은 마스터 랭크의 노련한 기사답게 방패와 검을 휘둘렀다.

"방벽!"

우우우웅!

파발의 몸에서 일어난 강대한 마나가 방패를 감싸 안았다. 동시에 반대쪽에서 휘둘러진 검은 카이의 목덜미를 향해 나아갔다.

하나, 카이는 그것들을 싸그리 무시한 채 자신의 검을 묵묵히 내리그었다.

위에서 아래로 정직하게 그어지는 단 하나의 선.

서걱!

파발이 그토록 자랑하던 '방벽'이 카이의 '내려베기'에 잘려 나갔다.

"마, 말도 안 되는!"

"단장님의 방패가 뚫렸다고?"

"아니, 뚫린 게 아니야."

"저건…… 저건 대체?"

파발이 내세운 방패와 강기는 아무런 소용이 없었다.

마치 종이로 만들어진 방패처럼 부드럽게 잘려 나갈 뿐. 겉보기에만 단단해 보이지, 현재 저것들은 신기루나 다름없었다.

'왜냐하면 이건 게임이니까.'

무장 해제 스킬의 효과로 인해 파발의 모든 방어력은 0으로 고정. 심지어 카이의 모든 공격은 치명타로 적용된다.

그뿐만이 아니었다.

'시미즈의 패시브 스킬이 조금 독특한 편이지.'

시미즈의 신념은 아군의 모든 방어력을 200% 증가시키는 반면, 주변 적들의 모든 방어력은 80% 감소시킨다.

즉, 현재 파발의 방어력은······.

"마이너스."

게다가 시미즈의 무서운 점은 상대방의 방어력이 저하 된다는 부분만이 아니다.

푹!

"흠. 바체에게 공격을 허용해도 이 정도 대미지려나."

"무, 무슨······."

파발이 방패와 동시에 휘두른 검은 카이의 목에 그대로 내리꽂혔다. 하나, 그 공격으로 인해 깎여 나간 체력은 고작 4%. 치명타치고는 위력이 굉장히 약한 편이었다.

'확실히 시미즈의 영혼을 불러내면 안전하게 사냥을 할 수 있겠어.'

방어력 증가 효과가 상상 이상으로 좋다. 그 사실을 깨달은 카이는 거침없이 검을 휘둘렀다.

날카롭게 빛나며 파발을 물어뜯는 롱소드.

"커억!"

카이의 검은 12일 전과는 비교도 할 수 없을 정도로 날카롭고, 정교했다. 무식하게 심장이나 머리만을 노리는 것이 아니라는 뜻이다.

'오른팔의 힘줄은 세 개나 끊어놨어. 이제 검을 드는 것도 힘들 테지.'

설령 파발이 기적적인 정신력을 발휘해 검을 휘둘러도, 속도와 공격력은 형편없을 터.

저벅, 저벅.

카이는 무심하게 걸음을 옮겼다.

그저 앞으로 걸어 나가는 단순한 행위를 마주한 파발은 저도 모르게 뒷걸음질을 쳤다.

그 모습에 카이는 걸음을 멈추고 희미한 미소를 지었다.

"겁먹으셨군요."

"마, 말도 안……."

반사적으로 고개를 흔들며 부정하던 파발이 말끝을 흐렸다.

'겁을 먹었다고? 내가? 눈앞의 이 새파란 모험가에게?'

처음에는 말도 안 된다는 생각이 들었나.

하지만…….

"솔직해지십시오."

카이가 자신의 심장을 가리켰다.

"지금 당신은 이곳을 찌르실 수 있습니까?"

"……."

카이의 심장을 바라보는 파발의 검 끝이 흔들렸다.

그 정도의 고수가 검을 완벽하게 통제하지 못했다는 건, 정신적으로 크게 동요했다는 뜻이었다. 눈앞에 버젓이 심장을 드러낸 상대가 있었지만, 파발은 감히 검을 찔러 넣을 생각조차 하지 못했다.

'하지만 어차피 나의 공격은……'

통하지 않을 테니까. 그것을 알고 있으니까.

반면 상대의 공격은 휘두르는 족족 자신의 방어를 무시하고 치명상을 입힌다. 상식적으로 말도 안 되는 그 불리함 앞에서, 파발은 난생처음으로 '죽음의 공포'를 마주했다.

덜덜덜.

사시나무처럼 흔들리는 파발을 가늘게 뜬 눈으로 그 모습을 쳐다보던 카이가 돌연 손을 휘저었다.

사아악.

그러자 귀신처럼 걷혀지는 솔라 필드와, 절대수호영역. 황금빛으로 물들었던 주변은 어느새 다시 푸르른 하늘을 배경으로 삼은 일상으로 돌아와 있었다.

"어, 어?"

카이는 멍한 눈빛으로 의문만 표하는 파발의 어깨를 가볍게 두드리며 부드럽게 말했다.

"사람 함부로 무시하지 마세요. 파발 단장님이 강력하고, 권력자인 것은 세상 사람들 모두가 알고 있습니다. 하지만 그걸 빌미로 타인을 멋대로 무시하고, 짓밟는 것은 양아치나 하는 짓입니다. 기억하십시오. '힘이란, 더 큰 힘을 만났을 때 부러진다는 것'을."

"아……?"

'이 정도까지 했으면 충분하겠지.'

그를 죽여서 베오르크 국왕에게 밉보일 수도 없는 일. 카이는 그의 기를 죽이는 건 이 정도면 충분하다고 판단했다.

'지금 저건…… 나에게 하는 소리인가?'

파발은 뜬금없이 이어진 카이의 충고를 곱씹었다. 그것은 검술을 배우는 이라면 누구나 한 번쯤은 듣게 되는 정석과도 같은 말이었다.

하지만 정신적으로 동요하던 파발에게, 그 말은 제법 색다른 의미로 찾아들었다.

'힘이란 더 큰 힘 앞에서…… 부러진다…….'

문득 파발의 머릿속으로 자신의 지난날들이 그림처럼 지나갔다.

자랑스러운 기사 가문의 출신인 그는 약자를 보호하는 아버지를 동경했다. 그를 닮아 자신도 멋진 기사가 되고 싶었다.

그는 단 하루도 빼먹지 않고 훈련을 했고, 14살이 되던 해에 기사 서임을 받을 수 있었다.

승승장구하던 그가 변한 것은, 23살 때였다.

'아버지! 대체 왜 아버지가 단장이 되지 못한 거죠? 심지어 매의 기사단장으로 발령이라니……이건 좌천이나 다름없지 않습니까!'

파발의 아버지는 왕궁 기사단장 자리를 놓고 경쟁 중이었다. 경쟁자보다 검술 실력이 훨씬 뛰어났기에, 파발은 자신의 아버지가 단장이 될 것이라 확신했다.

하나, 결과적으로 그의 아버지는 시골의 기사단으로, 경쟁자는 왕궁 기사단장직에 올랐다.

그는 아직까지도 그 장면을 잊지 못한다. 허허 웃으며 수도의 귀족들과 악수를 나누는 경쟁자의 모습을.

'기사는 검만 잘 휘두르고, 충성심만 깊으면 된다고. 저에게 그렇게 가르쳐 주신 분이 바로 아버지잖습니까?'

'맞다. 그리고 그 생각은 지금도 변함이 없다.'

'맞긴 대체 뭐가 맞아요? 지금 아버지 모습을 보십시오! 버림받은 강아지와 다를 게 없어 보입니다!'

'파발. 나는 내가 걸어온 길이 옳다고 확신한다. 그래서 후회는

없어.'

'……아뇨, 이 세상은 결과가 전부입니다. 역사는 승자에 의해 쓰여져요. 결국 아버지는 틀리신 거예요.'

그날부터 파발은 달라졌다. 검술을 연마하는 시간을 줄이고, 사교계에 꾸준히 나가며 인맥을 쌓아나갔다.

그로부터 5년이 지난 28살.?

그는 왕궁 기사단장의 스캔들을 터뜨리며 추문에 휩싸이게 만든 뒤, 자신이 왕궁 기사단장직에 올라서게 되었다.

'그때 아버지는 불같이 화를 내셨지.'

그 날 이후 아버지는 파발과 단 한 번도 만나주지 않으셨다. 파발도 굳이 아버지를 만나러 가지 않았다. 따지고 보면 아버지의 복수를 해준 셈인데, 고맙다는 칭찬 한 번 해주지 않는 그가 미웠으니까.

그로부터 3년 후, 로열 나이트의 수호 기사단장이라는 영광스러운 자리까지 맡았음에도 불구하고, 아버지는 그 흔한 축하 편지 한 장 보내지 않으셨다.

"……."

파발이 두꺼운 눈꺼풀을 감았다. 그 사이로는 지난날의 자신을 반성하는, 뜨거운 회한의 눈물이 흘러내렸다.

'조만간, 아버지를 한 번 뵈러 시골에 내려가 봐야겠군.'

결과적으로 그분께서 옳았음을, 새파랗게 어린 모험가를 통해 깨닫게 될 줄이야.

잠시 후 눈을 뜬 파발의 눈은 전에 없이 맑아 보였다.

"카이여."

"……?"

카이가 심드렁한 표정으로 파발을 쳐다볼 때, 파발이 돌발 행동을 했다.

"다, 단장님!"

"맙소사!"

털썩.

파발이 차디찬 연무장 바닥에 낮게 자리한 것이다.

"나의 무릎은 오직 국왕 폐하에게만 바칠 수 있기에 이 정도로 예를 갖추는 것을 용서하게나."

그는 고개를 숙인 채 카이에게 진심 어린 감사의 말을 건넸다.

"세 사람이 길을 걷다 보면 그중 한 사람에게는 배울 점이 있다고 하더군. 나이는 어리지만, 오늘 자네에게 배운 수업 내용은 평생토록 가슴에 간직하겠네. 썩어 있던 나의 정신을 일깨워 주어 고맙네. 나의 선생이여."

"무, 무슨…… 갑자기 왜 이래요?"

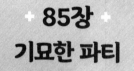

85장
기묘한 파티

[선행이란 착하고 어진 행실을 의미합니다. 대상이 위기에 직면하지 않았더라 할지라도, 옳지 못한 방향으로 나아가는 이를 바른길로 이끄는 것 또한 선행의 일종입니다.]

[당신의 충고가 권력에 중독되어 있던 파발의 정신을 일깨웠습니다.]

[그는 자신이 어린 시절부터 꿈꿔왔던 '기사'가 되기 위해 노력할 것이며, 이것은 라시온 왕국 차원에서도 커다란 축복이 될 것입니다.]

[파발의 호감도가 대폭 상승합니다. 그는 당신을 인생의 선생님으로 생각하고 있습니다.]

[다른 신들에게 과자를 적선받고 다니던 헬릭이 이 모습을 보며 환한 미소를 짓습니다.]

[선행 스탯이 10 상승했습니다.]

[태양 목격자의 효과로 선행 스탯이 5만큼 추가 상승합니다.]

"이게 대체……."

상황을 이해하지 못한 카이가 벙찐 표정을 지었다. 아니, 이해하려고 노력하니 안 되는 것은 아니었다.

'뭐, 솔리드 때도 이런 식으로 건넨 충고가 그 사람 내면의 무언가를 바꾸기는 했으니까.'

하지만 설마 파발이, 자존심으로 똘똘 뭉친 수호기사단장이 자신의 말 한마디에 이렇게까지 바뀔 줄이야.

'……나한테 그렇게 많이 쫄아 있으셨나?'

그렇게 생각하니 살짝 미안하기까지 했다.

카이는 짧게 기침하며 말했다.

"일어나세요."

"아니, 선생이 나의 무례와 사과를 받아주기 전까지는 일어나지 않겠소."

"……그러지 말고 일어나시라니까요."

"나의 진심이 선생에게 닿……."

"아, 눈 따가우니까 그냥 좀 일어나세요."

"……."

파발의 반짝이는 대머리는 태양 빛을 그대로 카이의 얼굴로 반사시키는 중이었다.

결국 파발은 시무룩한 표정으로 슬그머니 자리에서 일어났다.

"그리고 그…… 딱히 담아두고 있는 건 없으니까 너무 그렇게 죄지은 표정 안 지으셔도 돼요. 잘못한 걸 아셨으면 된 거니까."

카이가 옆머리를 긁적거리며 말했다.

이에 안색이 환해지는 파발.

"정말 고맙네. 그리고……."

돌아간 파발의 시선 끝에는 바체가 서 있었다.

잠시 그와 눈을 마주치던 파발이 피식 웃으며 고개를 돌렸다.

"마음가짐을 달리해도 저 얼음 덩어리가 단번에 좋아지지는 않는군."

"누가 할 소리를."

서로 으르렁거리는 두 사람이었지만, 카이는 대화에서 희미한 정을 엿볼 수 있었다.

'싸우면서 정든다더니.'

훈훈한 분위기가 짙게 가라앉는 연무장 주변이 갑자기 소란스러워졌다.

"갑자기 무슨 소란…… 헉!"

고개를 돌린 파발을 시작으로, 로열 나이트들이 일제히 한쪽 무릎을 꿇었다.

'잠깐, 그렇다는 건?'

아까 파발도 말했지만, 그들이 무릎을 꿇을 수 있는 존재는 오직 한 명뿐. 생각이 거기까지 닿은 카이는 자신도 무릎을 꿇었다.

"……"

시종과 대신들을 이끌고 연무장에 도달한 베오르크 국왕은 특유의 오만한 눈빛으로 기사들의 면면을 훑어보았다.

"흐음. 오늘은 치고받고 싸우지 않았나 보군."

"커, 커험."

"……흠."

저지른 전적이 있던 파발과 바체가 겸연쩍은 표정으로 헛기침을 뱉어냈다.

"국왕 폐하를 뵙습니다."

"국왕 폐하를 뵙습니다."

두 사람이 인사를 마치자 베오르크 국왕이 짧게 손짓했다.

"그래서, 이 좁은 연무장에 이 나라의 모든 로열 나이트들이 모인 까닭은 뭐지?"

베오르크의 질문에 답한 것은 파발이었다. 국왕의 옆으로 쪼르르 달려간 파발은 마치 고자질을 하는 아이처럼, 조목조목 오늘 일어난 일을 설명했다.

"……호오."

파발이 말을 하는 내내 '절대자의 시선'을 사용하고 있던 베오르크 국왕은 흥미가 동한 표정으로 카이의 머리를 내려다보았다.

"모험가 카이는 고개를 들어라."

"국왕 폐하를 뵙습니다."

고개를 든 카이와 눈을 마주친 베오르크는 잠시 무언가를 고민하더니, 입을 열었다.

"카이. 그대가 여태까지 본국에 끼친 영향은 지대하며, 세운 공로가 깊다는 것은 나 베오르크 폰 라시온이 인정하는 바이다."

'무슨 말을 하려고……?'

많이 만나본 것은 아니지만, 카이가 아는 베오르크 국왕은 직설적인 성격의 소유자였다. 한마디로 이렇게 말을 빙빙 돌려가면서 길게 하는 성격이 아니라는 뜻.

그것이 의미하는 바는 간단했다.

'쿵쿵. 어디서 대단한 보상의 냄새가 난다.'

눈을 반짝거린 카이가 베오르크 국왕을 빤히 쳐다봤다.

마치 먹이를 물고 있는 어미새를 바라보는 듯한 눈빛!

그 부담스러운 눈빛에도 굴하지 않고, 베오르크 국왕은 말을 이어나갔다.

"하여 그대에게 왕궁의 보고, 제5구역까지의 열람을 허락한다. 그대가 원하는 물건에 한해서는 그 어떠한 조건도 없이 내줄 것을 약속하지."

"폐, 폐하!"

"제5구역까지는 너무 과하옵니다!"

"그곳에 있는 물건들이 지닌 상징성을 생각해 보면……."

당장 대신들의 반발이 쏟아졌다.

"상징성?"

인상을 찌푸린 베오르크 국왕이 곧장 몸을 돌려 그들을 쳐다보았다.

대번에 입을 꾹 다무는 고개 숙인 대신들을 향해 국왕은 큰소리로 호통쳤다.

"그대들 중 관직에 올라선 시간이 가장 짧은 이가 파츠슨 백작, 자네 아닌가?"

"마, 맞습니다. 7년입니다. 폐하."

"그렇군. 그럼 묻지. 자네들 중에서 지난 7년 동안 단 한 번이라도 짐의 검을 날카롭게 갈아주었던 이가 있던가?"

"……."

"스스로 부끄러운 줄을 알 거라."

파발이 지닌 권력과, 그의 무력이 무서워 망가지는 것을 알면서도 쓴소리를 하지 못한 대신들에게 내리는 국왕의 따끔한 호통이었다.

할 말이 없어진 대신들은 입을 다물었다.

"조용하니 좋군."

카이는 상황을 깔끔하게 정리한 국왕에게 감사의 인사를 건넸다.

"국왕 폐하의 성은에 감사할 따름입니다."

제5구역이라니, 그렇지 않아도 그곳에 가고 싶어 공적을 모으고 있었건만!

'지난번에 힘 상승의 영약을 받았던 건 분명……'

제3구역이었다. 그곳에서도 간간이 유니크 등급의 장비를 볼 수는 있었다.

'물론 대부분 결함이 있는 제품들이었지만.'

그래서 그때 카이가 고른 것은 힘 상승의 영약. 당시 힘이 고작 10 올라서 속이 제법 쓰렸기에 아직까지 선명히 기억하고 있었다.

"나야말로 고맙다는 말을 하고 싶군. 파발과 바체. 두 기사 모두 내가 아끼고 사랑하는 나의 충신들이다. 특히 파발의 경우에는 시간이 흐를수록 어린 시절 보여줬던 총명함과 공명정대함이 사라져 제법 걱정이었거늘."

"폐, 폐하아아! 저를 그렇게까지……!"

파발의 눈매에는 금방이라도 뚝뚝 흘러내릴 것 같은 굵은 물방울이 아롱아롱 새겨졌다. 다 큰 어른이 그러면 징그러울 만도 하건만, 베오르크 국왕은 귀여운 강아지라도 바라보는 눈빛으로 파발을 쳐다봤다.

"짐의 나라, 짐의 사람들에게 은혜를 입혔다면, 주인 된 도리로 모른 척할 수는 없는 법이다. 그것이 사람들을 이끄는 군주의 덕목이라, 짐은 배웠다."

'확실히…….'

베오르크는 군주의 자질이 차고 넘치는 남자였다. 만남은 짧았지만, 얻은 것은 많은 유익한 시간이었다.

'5구역이라.'

한 번 와봤기에 큰 감흥은 없었다.

하나 그건 보고의 내부에서 3개의 문을 지나쳐, 네 번째 방에 들어섰을 때까지만이었다.

"이곳이 왕궁의 제4구역."

하나같이 반짝이는 명품들만이 시야로 들어왔다.

최소 유니크 등급의 장비들. 여기 있는 물건 중 아무거나 대충 집어서 나가더라도 1억 이상은 충분히 받을 수 있을 것이다.

'하지만 고작 이 정도로 만족할 수는 없지.'

눈 호강도 거기까지.

카이는 침을 꿀꺽 삼키며 다섯 번째 방으로 향하는 문 앞에 섰다.

쿠구구구궁.

천천히 열리는 다섯 번째 방. 라시온 왕국의 모든 보물이 모인 보고. 그중에서도 국보급이라 칭해도 부족함이 없을 물건만을 담아놓는 장소.

그것이 바로 '제5구역'이 의미하는 바였다.

"오오! 오오……?"

휘황찬란한 5구역을 돌아보는 것도 잠시, 카이가 바람 빠진 목소리를 뱉어냈다.

'이게 다야?'

소문이 무성한 라시온 왕국의 제 5구역은 생각보다 조촐해 보였다. 왜냐하면 방 안에 있는 물건은 눈을 씻고 찾아봐도 3개밖에 안 보였으니까.

'아니, 이런 곳에서 물건의 숫자에 연연하는 게 이상한 건가.'

카이는 세 개의 물건을 차례대로 살펴봤다. 그것들은 각각 스킬 북과 목걸이, 검이었다.

"……세 개 다 미쳤네."

세 개의 물건 모두 단연 최상급. 당연한 소리지만 레전더리였다. 과연 국보급이라 불릴만한 능력치를 지닌 물건들.

'아직 레전더리 등급의 검이 세상에 풀려난 적은 없었지?'

나가서 팔기만 해도 족히 수십억은 챙길 수도 있을 터.

하지만 카이는 돈에 대한 미련을 버리고, 주저 없이 스킬 북을 들어 올렸다.

"그중에서도 얘는 진짜 제대로 미쳤네."

밝은 황금빛을 뿜어내는 한 권의 스킬 북. 카이가 제5구역에서 가져가기로 마음먹은 물건의 정체였다.

✺

"흐흐흥."

콧노래를 흥얼거리는 카이의 기분이 유독 좋아 보이는 것은 착각이 아니었다.

'전력이 기존의 20%⋯⋯ 아니, 상황에 따라서는 30%까지 끌어올렸다고 봐도 되나?'

현재 그의 레벨과 능력치를 생각해 보면, 말도 안 되는 수준의 전력 강화였다.

원래 저레벨 때는 레벨도 빨리 오르고, 장비도 자주 바꿔주기에 빠르게 강해질 수 있다.

그러나 모든 플레이어에게는 어느 순간 다가온다. 레벨이 느리게 올라가서 장비도 자주 바꿀 수 없고, 성장도 정체되는 날이.

'뭐, 나는 느껴본 적이 없어서 잘 모르겠지만.'

보통은 300레벨 전후로 그러한 증상을 느껴야 정상이었다. 스펙이 나날이 높아져만 가는 카이와는 거리가 먼 이야기였지만.

"후우, 이 근처인 것 같은데⋯⋯."

현재 카이는 거대한 숲속에 있었다. 튀어나오는 몬스터들의 레벨은 50레벨부터 450레벨까지 매우 다양했다.

사냥감의 레벨이 몇인가, 잡기에는 수월한가, 개체가 많은가. 랭커들이 사냥감을 정할 때 가장 중요하게 여기고, 고려하는 것들이었다.

한마디로 현재 카이가 위치한 숲은 사냥터로는 적합하지 않았다. 그럼에도 불구하고 그가 이곳을 방문한 이유는 단 하나.

'이곳이 대륙의 중심에 위치한 이타카 밀림인가.'

통칭 검은 숲이라 불리는, 사람의 손길을 거부한 야생의 숲. 4대 마경 중 하나로 불리는 이곳을 찾는 사람은 없다시피 했다.

우드드득.

하지만 본디 사람이란 월급을 받으면 돈을 쓰고 싶고, 새로운 스킬을 배우면 사용해 보고 싶은 법. 카이가 이곳을 찾아온 이유도 그 때문이었다.

"후후."

펄럭.

인벤토리에서 꺼내든 지도 한 장이 펄럭이며 그 자태를 드러냈다.

'타락의 성지라.'

지르칸이 죽으면서 남긴 던전의 지도!

"쿵쿵."

던전의 이름에서부터 강력한 몬스터들이 들끓을 것 같은

냄새가 나는 듯했다.

"자, 그리고 이곳이!"

대망의 던전 입구. 숨겨진 던전의 입구는 지도에 명시된 암호를 모르면 위치조차 드러나지 않는 장소였다.

쿠구구구구궁.

이타카 밀림의 흑목들이 갈라지며 거대한 입구가 땅에서 솟아났다.

거침없이 그 안으로 들어가려는 카이. 하나, 그의 몸은 강력한 반발력에 튕겨져 나왔다.

이어서 그의 눈앞으로 떠오르는 황당한 메시지.

[입장 제한이 걸려 있는 던전입니다.]

[최소 5인 이상의 플레이어가 입장해야 합니다.]

[현재 파티의 멤버는 1명입니다.]

[던전 입장에 실패했습니다.]

"……뭐야 이거."

카이의 눈동자가 클럽에서 입구컷을 당한 사람마냥 세차게 흔들렸다.

"미치겠네, 진짜."

수건으로 젖은 머리를 털어내던 한정우가 한숨을 내쉬며 중얼거렸다.

'설마 타락의 성지에 그런 말도 안 되는 입장 제한이 걸려 있을 줄이야.'

다양한 방법으로 돌파를 시도해 봤지만, 그건 시스템상 락(Lock)이 걸려 있는 경우였다. 결국, 두손 두발을 모두 들며 항복을 선언했고, 접속을 종료했다.

"혼자 클리어할 능력은 충분히 될 것 같은데."

여태까지 다양한 던전에 다녀봤지만, 이런 경우는 처음이었다. 물론 대부분의 던전에는 입장 제한이 있다. 던전의 난이도에 비해 더 많은 플레이어가 들어와 쉽게 깨는 것을 방지하기 위함이었다.

하지만 이번에는 그 반대.

'최대 인원 제한'이 아닌, '최소 인원 충족'이 던전에 입장할 수 있는 조건이었다.

'강민구 사장도 이번 경우는 게임 개발 단계에서부터의 기획 의도였으니 어쩔 수 없다고 했고……'

이미 사용할 수 있는 수단은 모두 동원해 봤다.

하지만 강민구 사장도 불가능하다는 말만을 거듭 입에 담았다.

'그럼 결국 나 빼고 네 명이나 더 필요하다는 소리인데.'

누구를 불러야 하나.

그렇다고 던전에 들어가는데 생면부지의 사람을 데려갈 수도 없는 노릇. 이때만큼은 자신의 얄팍한 인간관계에 머리를 쥐어뜯을 수밖에 없었다.

그때였다.

링링링!

그의 휴대 전화기가 뜬금없이 울리기 시작한 것은.

"음?"

심지어 전화기 위에 떠오른 이름조차 뜬금없었다.

[김인하 PD.]

'김인하 PD가 왜?'

그는 비르 평야 전투를 영상으로 제작하는 프로젝트의 총괄 PD였다.

'그 영상으로 내가 떼돈을 벌기는 했지.'

아직까지도 블루레이나 인터넷 방영분 판매 수익은 끝도 없이 통장으로 들어오는 중이었다. 게다가 NET미디어의 장사 수완은 굉장히 좋은 편이었다.

안방극장만이 아닌 실제 영화관 스크린에도 비르 평야 전투를 내걸었으니까.

당연한 말이지만 그 또한 대박.

'돈 벌게 해줬으니 고맙긴 고마운 사람인데……'

그건 거래의 결과였을 뿐 일방적으로 고마움을 느낄 필요는 없었다. 실제로 정우는 김인하 PD와 다시 연락을 하게 될 것이라고는 생각하지 못했었다.

"여보세요?"

-아! 정우님, 잘 지내셨어요? 절 기억하실지 모르겠습니다만…….

"번호 저장되어 있습니다. 김인하 PD님 맞으시죠?"

-아하하. 맞습니다. 다행히 번호가 남아 있군요. 오늘은 다름이 아니라 다음 영상에 대한 이야기를 나누고 싶어서 연락드렸습니다.

"다음 영상이라뇨?"

정우의 미간이 찌푸려졌다. NET미디어와의 거래는 비르 평야 전투, 그것 하나가 전부였다. 실제로 계약서에도 그렇게 적혀 있는 상태고.

때문에 이런 식의 전화는 그의 입장에서 달갑지 않았다.

-아, 아! 혹시라도 부담을 느끼셨다면 정말 죄송합니다. 하지만 정우님도 아시다시피, 비르 평야 전투 영상이 정말 대흥행했습니다.

"그건 그렇죠."

그건 당장 인터넷에서 가장 큰 검색 사이트에만 들어가 봐도 알 수 있다. 'ㅂ'만 쳐도 비르 평야 전투라는 자동완성검색

어가 표시될 정도니까.

군이 그게 아니라도 통장으로 꽂히는 액수를 보면 충분히 알 수 있었다.

-만약 여기서 정우님이 정말 소소한 일상이라도 내주신다면 제가 한 번 더 터뜨릴 자신이 있습니다. 아! 혹시나 생각이 있으신가 싶어서 개인 차원으로 여쭤보는 거예요. 상부에서 압박이 없지는 않은데, 제가 정우님과의 관계는 저번이 끝이라고 못을 박아뒀거든요.

깔끔한 관계의 정립과 일목요연한 설명, 마지막으로 자기 PR까지.

정우는 유능한 사람을 싫어하지 않았다.

"흐음. 사실 제가 이번에 던전에 들어갈 계획이 있긴 합니다만."

-오오오, 던전 좋지요! 어떤 던전인가요? 정우님의 레벨을 고려해 보면…… 이번에 새롭게 업데이트된 가르단 도적 소굴이나, 렘파의 숲, 아니면 혹시 심해용의 둥지인가요?

"아니요. 공개 던전이 아닙니다."

정우가 고개를 흔들었다.

김인하 PD가 나열한 던전들은 최근 페가수스 사에서 새롭게 업데이트한 던전들. 그런 곳이 아니라 아직 미공략된 던전을 자신이 도전한다면 확실히 이목이 집중될 것이다.

'하지만 군이?'

정우가 저곳들을 공략하면서 얻을 수 있는 것이라고는 기껏해야 약간의 레벨뿐이다. 물론 대다수는 덤으로 따라올 명성과 돈에 목숨을 걸겠지만, 정우는 그런 것에 연연하지 않았다.

"일찍이 세상에 공개된 적이 없던 던전입니다. 지금 파티원을 모으는 중이예요."

-아, 항상 솔플을 하시기에 던전도 혼자 도실 줄 알았습니다.

"여태까지는 그랬죠. 그런데 이번 던전은 입장 제한이 걸려있어서 혼자는 못 들어갑니다."

-그런 던전도 있나요? 신기하군요. 하지만 정우님이 파티 플레이를 하는 모습도 분명 인기가 있을 겁니다. 게다가…… 흐흐.

김인하 PD가 돌연 변태처럼 웃음을 흘렸다.

"뭡니까? 그 웃음은."

-아, 죄송합니다. 그리고 조금 뜬금없는 질문일 수도 있는데, 혹시 TV프로그램 자주 보십니까?

"아뇨. 시간이 없어서요."

수많은 사람들이 랭커들을 부러워하지만, 그들은 그들 나름대로 고충이 있다. 부귀영화를 누릴지는 몰라도 마음 편히 영화관을 가거나 느긋하게 목욕탕을 갈 수도 없다.

해외여행을 가는 것은 그야말로 꿈에나 그리는 일.

랭커들의 시간은 금이기 때문이다.

물론 호사가들은 이렇게 말한다.

'자기가 좋아하는 게임만 하면서 그렇게 유명해지고, 돈도 많이 버는데 배부른 소리 하네.'

하지만 자신이 가기 싫어서 가지 않는 것과 가고 싶어도 상황이 안 되서 못 가는 것은 엄연히 다르다.

'물론 나 같은 경우는 스케줄이 타이트하지는 않지만.'

다른 랭커들은 랭킹이 떨어질까 봐 고군분투하며 하루 종일 게임에 몰두한다.

반면 카이의 랭킹은 압도적인 1위. 2위인 유하린과도 레벨이 무려 50개 가까이 차이나는 상황이었다.

스스로 원한다면 해외여행을 갈 수도 있는 유일한 랭커라는 소리. 그것은 다른 랭커들이 유독 언노운을 부러워하는 웃지 못할 이유였다.

-미드 온라인이 대히트를 치고 나서, 요즘 TV예능의 판도가 조금씩 바뀌고 있습니다.

"예를 들면요?"

-음, 제작비가 크게 안 드는 미드 온라인에서 예능을 찍는 식이지요. 최근 히트하는 예능들을 보면 모두 미드 온라인 내부에서 제작되는 것들입니다.

"몰랐네요."

-하하. 공사가 다망하신 분이니 그러실 수도 있지요. 이해합니다. 랭커들이 가면을 쓰고 나와 1대1 결투를 하는 '복면 랭커'부터 시작해서, 기르는 펫들과 함께 뛰어노는 힐링 예능인 '펫과 함께', 그리고 혼자서 카메라맨 한 명만을 데리고 던전을 클리어하는 여정을 담은 '나 혼자 한다'까지. 다양한 프로그램들이 유행 중입니다.

"그렇군요. 그런데 굳이 그런 것들을 알려주시는 이유가 뭔가요?"

제법 흥미로운 이야기인 건 맞았지만, 정우가 그리 궁금해하지는 않았던 부분이었다.

-크흠, 그게…… 혹시 아실까 싶어서 말씀드리는 겁니다만, 사실 제가 예능국 출신입니다.

"PD님께서요?"

정우가 살짝 놀란 표정을 지었다.

그도 그럴 것이 비르 평야 전투의 영상미는 절정이라고 칭할 정도로 잘 나왔으니까.

'당연히 판타지 드라마 쪽 PD라고 생각했는데.'

그런 그가 예능국 출신이라니.

그쯤 되자 정우는 그가 하고 싶은 말이 무엇인지 알 것 같았다.

"혹시 이번 제 던전 공략을 예능으로 찍고 싶은 건가요?"

-허락해 주신다면 최선을 다해서 찍겠습니다.

"하지만 전 말주변이 그리 좋지는 않습니다만."

-그 부분은 걱정하지 마십시오. 제가 자막과 음악, 상황을 절묘하게 이어 붙여서 반드시 재미있게 만들어 보이겠습니다. 게다가 무려 언노운의 던전 공략 영상입니다. 아무리 예능 타이틀을 뒤집어쓰고 있다고 해도, 엄청난 물건이 나오겠지요.

김인하 PD는 엄청난 자신감을 선보였다.

-혹시 생각해 두신 파티원이 없으시다면, 저희 방송국 쪽에서 연예인들과 다리를 놔줄 수 있습니다. 아니면 원하시는 랭커라도…….

"음. 아니에요. 던전에 데리고 갈 사람은 제가 직접 고르고 싶습니다. 신경 써주셔서 감사해요."

-아이고, 아닙니다. 저야말로 감사하지요. 그…… 저기 그래서 계약서는……?

"우편으로 보내주세요."

-감사합니다! 정말 감사합니다!

정우는 뛸 듯이 기뻐하는 김인하 PD와의 전화를 끊으며 피식 웃었다.

"던전에서 예능이라? 듣고 보니 궁금하긴 하네."

오랜만에 먼지가 내려앉은 TV를 켜볼까 하는 생각이 들었다.

'하지만 지금은 안 돼.'

왜냐하면 오늘은 화요일.

행복 보육원에 봉사 활동을 가는 날이었으니까.

"아! 어서 오세요."

보육원을 방문하니 운동복 차림의 유하린은 이미 아이들과 함께 빨래를 하는 중이었다.

거대한 갈색 통을 운동장에 둔 채, 빨래를 지근지근, 아이들이 한 번 밟을 때마다 새하얀 거품이 방울방울 흩날렸고, 아이들은 그때마다 웃었다.

"애들아, 봉사하러 오신 분인데 깍듯하게 인사해야지?"

"안녕하세요!"

"진짜 오셨네요?"

"고맙습니다아!"

"그래, 애들아 안녕. 그런데……."

정우가 묘한 시선으로 빨래통을 쳐다봤다. 다른 보육원이라면 모를까, 행복 보육원에서는 굳이 이런 식으로 빨래를 할 필요가 없다. 유하린의 투자로 좋은 시설을 갖게 된 행복 보육원에는 당연히 고급 세탁기도 많이 있었으니까.

"아…… 이게요."

정우의 시선을 알아챈 것일까?

유하린이 부끄럽다는 표정으로 우물쭈물거렸다.

"예전에 제가 게임을 시작하기 전…… 형편이 많이 안 좋았을 때, 자주 이렇게 빨래를 했거든요. 애들이 아직까지도 이게 그립다고…… 빠, 빨래를……."

화악.

잘 익은 홍시처럼 붉어지는 유하린의 새하얀 얼굴을 쳐다본 아이들이 눈을 동그랗게 뜨며 웃었다.

"어? 하린이 누나 얼굴 빨개졌다!"

"진짜? 와! 진짜다!"

"얼레리 꼴레리이~"

"너, 너희들!"

유하린이 앙증맞은 주먹을 확 치켜들며 소리치자, 아이들은 신발도 신지 않은 채 도망가 버렸다.

"신발도 안 신고! 바로 샤워실로 가서 씻어!"

정우는 그들의 뒤통수에 대고 잔소리를 하는 유하린을 보며 묘한 기분을 느꼈다.

'정말이지, 볼 때마다 느끼는 거지만 사람들이 말하는 유하린 같지 않다니까.'

세간에 널리 알려진 유하린은 그야말로 시크의 대명사와도 같았다. 차갑고, 묵묵하며, 비정한.

하지만 정우의 눈으로 바라본 유하린은 그저 나잇대의 순수한 여인, 그 이상도 이하도 아니었다.

"하린 씨, 정말로 막 사람들이 말 걸면 노려보고, 겁주고 그랬어요?"

"제, 제가 그랬어요?"

유하린이 화들짝 놀라며 소리쳤다.

"아, 아니에요! 그냥…… 그냥 제가 어려서부터 따돌림을 많이 당해서…… 낯을 좀 심하게 가리는 것뿐이에요."

"따돌림을 당했다고요? 하린 씨가요?"

정우가 말도 안 된다는 표정을 지었다. 학창 시절 남자들이 줄을 섰을 것 같은 미모의 소유자가 바로 그녀 아닌가.

"으윽, 그게…… 제, 제 입으로 이런 말 하기는 조금…… 그, 그렇지만……."

"예뻐서서요?"

"으아아아아!"

유하린이 두 손바닥으로 제 얼굴을 가렸다.

그녀의 얼굴은 손바닥에 가려질 만큼 작았다.

잠시 후, 마음을 추스른 유하린이 조용한 목소리로 말을 꺼냈다.

"그냥 좀 그랬어요. 저라는 사람과 진심으로 친해지고 싶어서 다가오는 애들은 한 명도 없었거든요. 남자애들은 다들 저랑 사귀고 싶어 했고, 여자애들도 저를 통해 좋아하는 남자와 연락을 하고 싶어 했어요. 때로는 제가 자기 남자친구를 유혹했다고 소문을 퍼뜨리기도 했구요. 모든 게 얼굴 때문이었죠."

"인간 불신이군요."

"……네, 조금."

유하린의 쓸쓸한 표정을 쳐다보던 정우는 그녀와 비슷한 표정을 지었다. 그녀가 겪는 감정은 한때 자신도 겪어봤던 감정 아니던가.

'나도 미드 온라인을 하면서 많이 나아진 편이지.'

문득 자신과 그녀가 비슷할 수도 있겠다는 생각이 들었다. 차이점이 있다면, 그녀는 자신이 걸어왔던 길을 아직도 걷고 있다는 것뿐.

'그래서 얼굴 공개하는 걸 그렇게 꺼렸구나.'

그녀가 게임 속에서 단 한 번도 얼굴을 공개하지 않은 이유가 납득되는 순간이었다.

'어라? 잠깐만.'

무언가 이상함을 느낀 정우가 질문했다.

"그런데 저는요? 저한테는 막 얼굴도 보여주시고, 트리플 헤드 오우거 가죽도 주셨잖아요?"

"그, 그건……."

유하린이 고개를 휙 돌리며 조그맣게 중얼거렸다.

"……그렇게 순수하고 맑은 눈빛은 처음 봐서요."

"뭐라고 하셨어요?"

"아, 아무것도 아니에요!"

소리를 지른 유하린은 뭐가 그리 급한지 빨래를 빠르게 밟기 시작했다.

과연 랭킹 2위 유저의 발길질은 뭐가 달라도 다른 법!

더러웠던 빨래들은 빠르게 깨끗해지기 시작했다.

"저도 좀 도울게요. 많이 해봐서 도움이 될 거예요."

수돗가에서 발을 씻은 정우까지 나서서 도와주자, 빨래는 순식간에 끝이 났다. 그 와중에 정우와 유하린은 제법 많은 대화를 나누었다.

그리고 한 가지 결론에 도달했다.

'역시, 나랑 비슷한 구석이 많아.'

정우는 그런 그녀가 안타까웠다. 동시에 자신이 그녀의 진실된 모습을 알고 있다고 생각하니, 괜히 기분이 좋아졌다.

'세상 사람들이 그녀가 차갑고 매정하다는 오해를 안 했으면 좋겠는데 말이야.'

하지만 자신이 어떻게 그러겠는가.

'후우. 그녀라는 사람을 세상 사람들한테 보여줄 수도 없…… 어? 잠깐만.'

그때 옅은 한숨을 내쉬던 정우의 뇌리로 번뜩이는 생각 하나가 스쳐 지나갔다.

곧장 눈을 반짝인 정우가 유하린을 쳐다봤다.

"하린 씨, 혹시 내일모레 시간 있어요?"

'데, 데이트 신처어엉?'

안 그래도 붉게 물들었던 유하린의 얼굴은 금방이라도 터질 것처럼 붉어졌다. 당연한 말이지만, 그녀는 그날 약속이 없다고 대답했다.

"우선 한 명은 구했고."

집으로 돌아오는 정우의 발걸음은 가벼웠다.

하지만 그 흥겨운 기분이 이어진 건 오피스텔의 입구에 들어서기 직전까지였다.

"이제 세 명만 더 구하면 되는데……."

휴대폰의 연락처를 열어본 정우의 인상이 일그러졌다.

엄마, 아빠, 누나, 정민수, 설은영, 유하린, 미네르바…… 김인하 PD.

"끄응."

가족을 제외하면 고작 다섯 명만이 등록되어 있는 초라한 연락처를 보며 한숨을 내쉰 정우가 엘리베이터 앞에 도착했을 때, 그곳에는 이미 선객이 있었다.

'설은영.'

항상 보이던 그녀의 경호원들이 어쩐 일인지 오늘은 보이지 않았다. 그녀는 당황한 표정을 빠르게 수습하고 평소의 도도함을 뿜어냈다.

정우가 먼저 인사를 건넸다.

"안녕하세요. 엘리베이터를 같이 타는 건 처음이네요."

"그러네요."

살짝 차갑게 대꾸한 설은영이 팔짱을 꼈다.

그 행동이 의미하는 바는 간단했다.

지금 나한테 말 걸지 마!

'아, 삐졌네.'

자신이 자탄 레이드 때 워리어스와 손 잡았던 것을 마음에 담아두고 있는 모양이었다. 본인은 아무렇지 않은 척을 했지만, 은연중에 흘러나오는 섭섭함까지 막을 수는 없었다.

'이걸 풀어야 되나.'

잠시 이어진 고민 끝에 결론이 내려졌다.

'어쩔 수 없지. 그녀가 날 이래저래 신경 써주고 있었던 건 사실이니까.'

더불어 그녀는 자신의 연락처에 기재된 몇 안 되는 사람 중 한 명이었다.

잠시 머뭇거리던 정우는 엘리베이터에 탑승한 뒤, 입을 열었다.

"오늘 옷 예쁘게 입으셨네요."

"……?"

정우의 뜬금없는 칭찬에 설은영이 살짝 당황한 기색으로 고개를 끄덕였다.

"아…… 네. 고마워요."

현재 그녀가 입고 있는 옷은 사람들이 흔히 아는 명품 브랜드가 아니었다.

하지만 옷과 악세서리의 디자인이나 재질만 봐도, 백화점에 굴러다닐 물건은 아니었다.

"음……."

정우는 깊은 고민에 빠졌다.

'이야기를 뭐 어떻게 꺼내야 하지?'

22년 동안 연애 한 번 못 해본 남자가 삐진 여자의 마음을 푸는 방법을 알 리 없었다.

결국 그가 꺼낸 말은 단순했다.

"혹시 내일모레 시간 있으세요?"

"내일모레요? 잠시만요."

돌직구는 생각보다 효과적이었다. 그야 설은영 역시 연애와는 거리가 먼 인생을 살아왔으니까. 휴대폰의 스케줄 표를 확인하던 설은영이 고개를 끄덕였다.

"아침에 길드 회의가 끝나면 곧장 오곤 백작과 점심 만찬을 즐긴 뒤, 영주 저택으로 돌아와 보유 영지들의 당일 보고서를 확인한 후에 사냥터로 가요."

"……."

누가 거대 길드 마스터 아니랄까 봐, 하루 스케줄이 빡빡하기 그지없다.

'다른 건 몰라도, 오곤 백작과의 만찬이라면 미루기 힘들겠네.'

설은영이 아무리 세계적인 길드의 마스터고, 보유한 영지 개수가 많아도 상대는 백작이다. 미드 온라인에서 백작과 남작의 차이는 그야말로 하늘과 땅 차이. 굳이 따지자면 남작이 된 그녀의 위치는 땅이 아닌 남산 타워 정도 높이라고 해야 할까.

"그런데 그건 왜 물으시죠?"

"아, 별건 아니고…… 제가 이번에 방송에 출연하게 됐는데, 던전을 공략할 생각이거든요. 그런데 이 던전이 다섯 명 이상만 진입할 수 있는 던전이라서요."

"다섯 명이요?"

"네. 혹시 시간 되시면 같이 가주실 수 있나 여쭤볼 생각이었거든요. 그런데 스케줄을 들어보니 안 될 것 같네요."

"괜찮아요. 시간 돼요."

설은영이 다급한 목소리로 말했다.

"예? 하지만 오곤 백작과의 점심 만찬은……."

"하루 당겨서 내일 만나면 돼요."

"그게 가능합니까?"

"가능하도록 만들어야죠."

"아니, 굳이 그렇게까지 하실 필요는……."

"내 자리, 비워둬요."

설은영은 그 말을 끝으로 입을 다물었다. 달라진 점이 있다면, 끼고 있던 팔짱이 살짝 느슨해졌다는 것일까.

"그럼 내일모레 약속 장소에서 뵙겠습니다."

"그래요."

'이제 두 명 구했네.'

생각보다 진전이 좋다. 집으로 들어온 정우는 그대로 침대에 몸을 날리며 연락처를 빤히 쳐다봤다.

'미네르바는…… 필요 없겠지.'

성녀 클래스인 미네르바를 영입한다면 분명 파티원의 전력이 크게 강화될 것이다.

물론, 카이가 없다는 전제하에서 말이다.

"내가 힐러인데 굳이 힐러를 또 구할 필요는 없으니까."

사실 따지고 보면 자신이 딜과 탱, 힐, 심지어는 원거리 딜러의 역할까지 담당할 수 있다.

하지만 이번 던전은 좋든 싫든 혼자 입장할 수가 없는 곳이다.

'그러니 이왕 같이 가는거, 파티원들을 최대한 쓸모 있게 사용하기라도 해야 덜 억울하지.'

파티원 후보에서 미네르바를 과감하게 빼버린 정우는 휴대폰을 귀에 가져댔다.

신호음이 가기를 잠시, 상대방이 전화를 받았다.

-정우냐?

"어."

-우리 공사가 다망하신 랭커께서 이 시간에 무슨 일이냐?

"그럼 끊을까?"

-죄송합니다. 무슨 일로 전화를 주시었는지요.

상대는 자신의 연락처에 실린 인물 중 실없는 농담을 서스럼없이 나눌 수 있는 유일한 친구. 휘몰이 길드의 탱커인 정민수였다.

정우는 곧장 본론으로 들어갔다.

"나 예능 프로 나간다."

-헐, 네가? 무슨 예능? 혹시 복면 랭커?

"아니. 새로 편성한다던데."

-대박. 그래서 그거 자랑하러 전화하셨어?

"자랑은 무슨. 내일모레 시간 괜찮냐."

-내일모레? 딱히 계획은 없는데. 왜?

"방송에 나갈 던전 공략할 생각인데, 같이 갈래?"

-음…… 혹시니 싫어시 밀하지만, 너랑 나랑 레벨 차이가 꽤 난다?

"너 지금 레벨 몇인데?"

-나 287.

그 정도 수준이면 모든 유저들을 통틀어서도 상위권에 랭크될 만한 수준이었다. 굳이 따지자면 랭커 끝자락에 턱걸이로 간신히 들 수 있을 만한 정도의 레벨.

"낮네."

-인마, 네가 비정상적으로 높은거 거든? 너 아니면 나도 어디 가서 안 꿇려. 절대 주눅 안 든다고.

"진짜야?"

-당연하지.

"그 마음 변치 않길 바란다. 이틀 뒤에 보자."

한정우는 이틀 뒤 민수가 지을 표정을 상상하며 낮게 웃었다.

"이제 나까지 포함해서 네 명."

마지막 한 명을 구해야 할 차례.

하지만 별다른 인맥이 없는 정우가 고를 수 있는 선택지는 애초에 한정적이었다.

'아쉬운 대로 미네르바라도……'

정우가 국제 전화를 하기 위해 휴대폰을 집어 든 순간. 그의 휴대폰이 세차게 울리기 시작했다.

모르는 번호였다.

"여보세요?"

별생각 없이 전화를 받은 정우의 표정이 시시각각 변하기 시작했다.

"허억, 허억. 죽는 줄 알았네."

이틀 뒤, 이타카 밀림의 약속 장소에 도착한 민수, 발터가 식은땀을 흘리며 말했다. 정우 다음으로 도착한 그는 주변을 휙휙 둘러보더니 만족스러운 웃음을 지었다.

"역시 내가 가장 빨리 왔구만."

"난 안 보이냐."

"뭐래, 파티장이 가장 빨리 오는 건 당연한 거지. 손님 초대했는데 집주인 없는 경우 봤어?"

"……"

옛날부터 말빨로는 도저히 이길 수가 없던 녀석이었다.

고개를 절레절레 흔든 카이가 시간을 확인했다.

"곧 올 때가 되었는데……."

"아, 그러고 보니 다섯 명 이상이 되어야 입장할 수 있다고 했나? 정말 개떡 같은 조건이네."

"그 개떡 같은 조건 덕분에 네가 나랑 같이 던전도 가는거다."

"내가 그만큼 개떡을 좋아한다는 소리지, 헤헤."

손바닥 뒤집듯 태세를 전환한 발터는 바위 하나를 깔고 편안하게 앉았다. 입고 있는 장비만 보면 전형적인 탱커, 그 자체였다.

'자식, 돈 많이 버나 본데.'

친구의 장비를 살펴보던 카이가 조용히 웃었다. 머리부터 발끝까지 유니크 등급 아이템을 장비하는 건, 웬만큼 벌이가 좋지 않으면 꿈도 못 꿀 일이었으니까.

카이의 시선을 느꼈는지, 발터가 어깨를 으쓱거렸다.

"장비 때깔 죽이지? 말했잖아. 너 아니면 나도 어디 가서 안 꿇린다고."

"너 랭킹 낮잖아."

"젠장, 너랑 비교했을 때 그렇다는 거지. 나도 제법 먹어주거든?"

궁시렁거리던 발터는 애꿎은 방패를 쿵쿵 두들겼다.

"그나저나 다른 파티원들은 왜 안 와? 빠져가지고."

"저기 한 명 오는 것 같네."

"뭐? 어디?"

"아직 네 눈에는 안 보이겠다."

중얼거리는 카이의 눈동자가 녹색빛으로 물들었다.

[매의 목격자 칭호가 활성화 중입니다.]

[시력이 대폭 증가합니다.]

그렇게 상승한 시력은 레인저 클래스 유저와 비교해도 크게 밀리지 않을 정도로 뛰어났다. 그 뛰어난 시야에 잡힌 것은 빠른 속도로 이곳을 향해 달려오는 흑색의 전사였다.

'하린 씨네.'

잠시 그녀를 쳐다보던 카이가 고개를 조용히 끄덕였다.

'바덴 성에서 봤을 때보다 움직임이 훨씬 더 좋아졌어.'

고작 달리는 것만 보고 그 사실을 알 수 있는 이유는 간단했다. 이타카 밀림에는 온갖 종류의 몬스터들도 장애물이었지만, 자연환경이 더 큰 적이었으니까.

특히 걷기만 해도 발이 푹푹 빠지는 지독한 늪은 외부인의 침입 자체를 거부했다.

팟, 파밧.

하지만 유하린은 그런 늪지대를 평지마냥 달려오는 중이었다. 신기하게도 그녀의 발은 늪에 빠지지 않았고, 마치 단단한 바위라도 밟듯 거침없이 박찼다.

"아, 저기 오네."

약간의 시간이 흘러서야 유하린을 발견한 발터가 피식 웃었다.

하지만 그것도 잠시, 점점 가까워지는 유하린의 모습을 확인한 그의 표정이 천천히 굳어졌다.

발터가 입을 열었다.

"친구야. 저 유저의 장비를 보니 불현듯 한 사람이 생각나는구나."

"누가 생각나는데?"

"유하린."

"맞췄어. 그래도 이 거리에서 용케 알아봤네."

카이가 살짝 놀랐다는 목소리로 말하자, 발터가 기겁을 했다.

"지, 진짜 유하린이라고?"

"어."

"이 미친놈아! 그런 건 진작 말해줬어야지!"

갑자기 호들갑을 떨어대는 친구를 쳐다본 카이가 옅은 한숨을 내쉬었다.

"대체 뭐가 문젠데?"

"뭐가 문제냐니? 유하린은 미드 온라인 가입자 10억 명 중에서 무려 2등이라고!"

"난 1등인데."

"……."

카이의 대답에 한 방 얻어맞은 듯한 표정을 지은 발터는 천천히 고개를 끄덕였다.

"그, 그건…… 그렇지."

"그럼 이제 안 떨리지?"

"응. 겁나 고마워서 미치겠다. 젠장."

사소한 해프닝이 끝났을 때, 유하린이 카이 앞에 도착했다.

"늦은 건 아니죠?"

"예. 저희가 일찍 온 거니까 걱정하지 마세요."

"……."

발터를 슬쩍 쳐다본 유하린이 카이에게 물었다.

"저분은……?"

"나중에 전부 모이면 한 번에 설명하겠습니다."

"네, 알겠어요."

유하린은 말 잘 듣는 아이처럼 곱게 고개를 끄덕였다.

그 모습을 바로 옆에서 쳐다보는 발터의 심정은 이루 말할 수 없었다.

'이 녀석, 대체 뭐야?'

천하의 유하린을 무슨 강아지 다루듯 하다니.

발터는 자랑을 하기 위해 꺼내놓았던 방패를 슬며시 등 뒤에 매달았다.

"크흠."

어차피 상대는 랭킹 1위, 2위의 괴물들이다. 자신이 꿇릴 이유는 단 하나도 없다는 뜻이다.

'설마 나머지 파티원이 랭킹 3위, 4위는 아니겠지.'

자신이 이 파티의 쭈구리가 되는 것은 아닐까 하는 불안감이 슬며시 들었다.

하지만 그것도 잠시, 자신이 알기로 카이는 랭킹 3, 4위와 아무런 접점이 없었다.

"저기 한 사람 더 온다."

"……음?"

이곳까지 오려고 개고생을 했던 발터가 입을 쩍 벌렸다.

'뭐, 뭐야 저게.'

이곳을 향해 다가오는 이는 굳이 발이 푹푹 빠지는 땅을 이용하지 않았다.

파삭, 파사삭.

이타카 밀림에 빼곡히 들어서 있는 나뭇가지들을 밟으면서 다가올 뿐. 말로 하면 쉽지만, 해보라고 하면 랭커조차 쉽게 해내지 못하는 행위였다. 굳이 비교하자면 전속력으로 달리며 원하는 색깔의 돌만 밟는 것보다도 난이도가 높았으니까.

심지어 나뭇가지가 부러지지 않게끔 발에 싣는 체중을 조절하는 테크닉까지 겸비해야 했다.

"후우."

바닥에 안전하게 내려선 여인, 설은영이 파티원의 면면을 확인했다.

"또 뵙네요. 유하린 씨."

끄덕끄덕.

가볍게 고개를 끄덕이며 반가움을 표하는 유하린. 설은영의 시선이 발터에게 향했을 때, 그는 똥 씹은 표정을 짓고 있었다.

'랭킹 1위와 2위에 이어서…… 21위가 포함된 파티라니.'

앞선 두 사람이 워낙 괴물이라 그렇지, 랭킹 21위인 설은영의 수준도 결코 낮지 않았다.

발터는 겨드랑이 사이에 끼고 있던 투구를 슬그머니 머리에 덮어썼다.

어디 가서 꿀리지 않는다고 큰소리를 쳐냈던 것이 생각났기 때문이다.

'아, 집에 가고 싶다.'

그런 상황에서 마지막 파티원이 도착했다.

"음? 저 사람은 장비부터가 좀…… 허접해 보이는데?"

죽어 있던 발터의 표정이 확 살아났다.

그는 카이의 옆구리를 툭툭 치며 물었다.

"누구야? 처음 보는 유저인데…… 랭커는 아니지? 막 갑자기 랭커 27위! 이러는 거 아니지?"

"아니. 저 사람은 랭커 아니야. 너보다 레벨도 낮아."

"오, 신이시여!"

드디어 체면을 세우게 된 발터는 감격스러운 표정을 지었다.

"다행이다. 나도 이제 어깨 좀 펼 수 있겠어."

그러자 카이가 피식 웃으며 입을 열었다.

"어깨를 펴? 너 저 사람한테 잘 보여야 될 텐데."

"뭐? 내가 왜?"

"그야……."

카이는 양팔을 벌린 채 자신에게 다가오는 금발의 곱슬머리

남자를 처다봤다.

"저 사람이 이번 방송을 찍을 카메라맨이거든."

동시에 세계적인 감독이자 편집자.

"헤이, 브로! 드디어 제대로 된 대화를 나눌 수 있겠군!"

마이클 레이놀드였다.

✦ 86장 ✦
타락의 성지

미드 온라인이 출시된 뒤로, 몇몇 방구석 폐인들은 번듯한 직업을 갖게 되었다.

물론 '몇몇' 방구석 폐인들만이 가질 수 있게 된 이 직업명은 다름 아닌 랭커. 게임에서 몬스터를 잡고 부와 명예도 함께 얻을 수 있는 꿈만 같은 직업이 생겨난 것이다. 실제로 랭커가 되어 세계적인 스타가 된 이들은 수백 명이 넘었다.

하지만 미드 온라인이 발굴한 스타는 플레이어뿐만이 아니었다.

마이클 레이놀드. 게임 속의 영상을 자신의 입맛대로 수정하여 하나의 작품으로 승화시키는 편집의 마술사.

그의 손에서 빚어진 개성 넘치는 작품들은 하나같이 호평일색이었다. 당연히 몸값은 하루가 다르게 높아졌고, 카이가 영상 편집을 의뢰할 때만 해도 적지 않은 돈을 지불해야 했다.

"마이클 레이놀드."

"엉?"

카이의 말에 발터가 고개를 휙 돌렸다.

"마이클 레이놀드라고. 저 남자."

"잠깐만, 그 이름은…… 설마 편집의 마술사?"

"어."

마이클 레이놀드의 메일함에는 지금 이 순간에도 수백 개의 메일이 오는 중일 터.

그만큼 그의 편집 실력을 원하는 플레이어들은 많았다. 비록 자신의 실력이 별로라고 하더라도, 마이클의 손을 거치면 그럴듯한 영상이 나왔으니까.

"그럼 혹시……?"

"이번 예능의 영상 편집은 마이클이 전부 맡을 거야."

"대박!"

발터는 흘러넘치는 기쁨을 주체하지 못하고 소리를 질렀다. 그만큼 편집의 마술사, 그 이름이 주는 신뢰감은 압도적이었으니까.

"야야, 나도 이 기회에 좀 친해지자. 저 사람 성격은 좀 어때?"

"음……."

카이는 잠시 기억을 더듬었다.

NET미디어와 비르 평야 전투에 대한 영상을 두고 계약할 때 연출에 대한 부분은 마이클 레이놀드가 전권을 행사할 수 있도록 약속을 받아냈었다.

'그때 몇 번 만났었지.'

마이클은 과묵한 사람이었다. 그가 현장에서 입을 꾹 다문 채 인상을 찌푸리고 있으면, 누구도 쉽게 말을 걸 수 없었다.

그때의 기억을 떠올린 카이가 입을 열었다.

"성격은 조금 까다로워. 그리고 엄청 과묵해. 그가 입을 여는 건 나도 몇 번 못 봤어."

"응? 그런 것치고는 아까 엄청 반가워하던데?"

"……그러게."

어떤 의미로는 유하린보다도 신비스러운 남자, 마이클 레이놀드는 카이에게 성큼성큼 다가갔다.

이에 카이는 정중하게 오른손을 내밀었다.

"오랜만입니다. 그동안 잘 지내셨……"

"보고 싶었다고! 브로!"

하지만 돌아온 것은 마이클의 오른손이 아니었다.

와락!

카이를 꽉 껴안은 마이클은 잠시 후 그를 놓아주더니 속사포처럼 말을 뱉어냈다.

"아무 말이나 좀 해봐, 브로, 응응?"

"마, 마이클 씨? 일단 좀 진정하세요. 왜 이렇게 흥분했습니까?"

"지금 내가 진정하게 생겼어? 드디어 브로랑 대화다운 대화를 나눌 수 있게 되었는데!"

콧김을 씩씩 내뱉은 마이클이 만면에 미소를 지었다.

물론 카이는 그런 그의 행동을 전혀 이해할 수가 없었다.

"아니, 대화는 만났을 때 몇 번이나 나눠봤잖습니까."

"지저스, 대화라고? 그게 대화라고?"

마이클이 질색한 표정으로 고개를 절레절레 흔들었다.

이어서 그는 순수한 눈빛으로 카이를 쳐다보았다.

"브로 영어 개 못하잖아."

"……."

"말이 나왔으니 하는 소리인데, 내가 편집 작업할 때 당사자의 생각을 듣고 싶었던 의뢰인은 브로가 처음이었거든? 아 그러면 뭐하냐고. 애써 물어봐도 구글 번역기에 넣은 것 같은 문장 몇 개만 달랑 보내는데."

"크, 크흠."

카이는 할 말이 없었다. 왜냐하면, 그건 구글 번역기로 번역한 문장이 맞았으니까.

유하린과 설은영은 못 들은 척하며 고개를 슬며시 돌렸고, 발터만이 어깨를 들썩이며 웃었다.

"큭, 크하하하! 그래. 네가 유독 영어가 약하기는 했지. 저놈이 수시로 한국대학교에 진학하다니. 그야말로 주입식 교육

시스템의 적폐가 따로 없다니까?"

"시끄러워."

발끈한 음성으로 대꾸한 카이는 마이클에게 고개를 돌렸다. 그의 얼굴에 자리 잡은 순진무구한 표정을 보니 악의는 없는 모양이다.

'천재 중에는 괴짜가 많다더니.'

하긴, 제2의 스티븐 스필버그라고까지 불리는 천재적인 예술가다. 일반적인 범주로 묶는 게 도리어 이상한 거겠지.

"생각보다 말이 많아서 놀랐습니다."

"말 편하게 해 브로. 내가 그동안 얼마나 답답했는지 알아?"

"그게 편하다면 뭐. 그럼 그동안 날 만났을 때 인상을 찌푸린 이유가……."

"답답해서 그랬어, 답답해서!"

마이클은 당시의 기억이 떠올랐는지, 제 가슴을 쿵쿵 때리며 답답한 심정을 토로했다.

"후우, 다행히 미드 온라인에서는 실시간 번역이 되니까 답답할 일이 없지. 슈퍼 컴퓨터 만세다."

"그런데 마이클…… 아, 게임에서는 뭐라고 부르지?"

"닉네임도 마이클이야."

"좋아, 마이클. 지금 레벨이 몇이야?"

마이클 레이놀드는 몇 년치 일감이 밀렸다고 알려진 아주 바쁜 인물이었다. 당연히 게임 캐릭터를 육성할 시간도 없었을 터.

하나 지금 마이클이 입고 있는 장비들은 절대 초보자의 것이 아니었다.

"응? 나 레벨 177이야."

"생각보다 높네. 게임할 시간은 전혀 없을 줄 알았는데."

"에이, 브로. 세상이 어떤 세상인데? 돈만 주면 200레벨까지 버스를 태워주는 랭커 파티가 득실거린다고. 물론 돈이 좀 많이 들기는 하지만."

버스 파티라.

카이는 별 게 다있다는 생각을 하며 고개를 끄덕였다.

"그렇군, 직업은?"

"궁수."

"괜찮네. 어차피 궁수 포지션은 후방이니 나와 비슷한 위치에서……."

게임 초보인 마이클에게 속성 강의를 마친 카이는 자리에 모인 이들을 파티에 초대했다.

['발터'님이 파티에 참가했습니다.]

['유하린'님이 파티에 참가했습니다.]

['설은영'님이 파티에 참가했습니다.]

['마이클'님이 파티에 참가했습니다.]

'이로써 다섯 명.'

카이는 곧장 인벤토리에서 던전의 지도를 꺼냈다.

"아, 잠시만!"

카이가 암호를 풀려는 순간, 마이클이 그를 제지했다. 왜 그러냐는 눈빛을 보내자 마이클이 진지한 목소리로 말했다.

"본격적으로 촬영에 들어가기 전에, 뭐 좀 물어봐도 될까?"

"얼마든지."

"내가 아는 언노운의 성격은 철두철미하고, 의심이 많아. 아니라고 하지는 마. 너의 영상을 백 시간 넘게 편집한 게 다름 아닌 나니까. 어떻게 보면 너 자신보다 내가 널 더 잘 알 수도 있어."

"……계속해 봐."

"이번 프로그램의 기획 의도는 예능이라고 들었어. 이 제안을 거절할 수도 있었을 텐데, 수락한 이유가 뭐지?"

합류 이후 항상 사람 좋게 웃고만 있던 마이클의 눈빛이 날카롭게 빛났다.

'작업과 관련된 부분에 대해선 프로라 이건가.'

그 모습이 제법 마음에 든 카이는 물었다.

"지금 내 정보가 유출될까 봐 걱정해 주는 거야?"

"맞아. 너에 대한 영상이 하나 공개될 때마다, 랭커들은 널 분석해. 그건 고독한 절대자의 입장에서는 절대 달갑지 않을 텐데, 이 촬영 제안을 수락한 이유가 뭐야?"

"난 또 뭐라고. 그건 걱정 안 해도 돼."

그의 말처럼 분명 자신에 대해 꽁꽁 감추던 때가 있었다. 아무리 신화 직업을 소유했다 해도, 자신은 약자인 솔로 플레이어였으니까.

'하지만 이제는 아니야.'

그가 솔로 플레이어인 것에는 변함이 없으나, 아주 커다란 것이 바뀌었다.

'더 이상 약하지 않으니까.'

카이는 더 이상 약자가 아니었다. 세 개의 성물을 모두 모아 사도들의 영혼을 언제든지 불러올 수 있게 되었고, 여태까지 쌓아 올린 선행 스탯으로 인해 본인 레벨을 아득히 넘어서는 스탯을 보유하고 있었다.

그뿐만이 아니었다. 얼마 전에는 신들의 연회를 통해 스페셜 칭호를 무더기로 획득하기까지 했으니까. 심지어 여명의 검법 스킬 레벨은 고급 7레벨로 마스터를 목전에 두고 있었다.

그래서 카이는 확신했다.

'이제 드러내도 돼.'

꽁꽁 숨겨왔던 자신의 발톱이 세상에 드러나도 된다고.

'어중간하게 강력한 힘은 견제의 대상이지.'

하지만 비교할 수 없을 만큼 압도적인 힘은 숭배나 동경, 혹은 두려움의 대상이 된다.

카이의 자신감 넘치는 눈빛을 마주한 마이클이 어깨 위에 올려놨던 손을 치웠다.

"눈빛만으로도 대답은 충분한 것 같네."

"그럼 이제 입장해도 될까."

"부디."

카이는 지도에 기록된 패턴대로 던전의 문을 열었다.

쿠구구구궁.

이타카 밀림의 거대한 늪지대가 그대로 반으로 갈라졌다.

그 위로 천천히 솟아오르는 거대한 던전의 입구.

"오오…… 지저스."

마이클은 궁수의 탁월한 시력으로 그 장면을 하나도 놓치지 않고 눈에 담았다. 지금 그가 보고 있는 장면들은 나중에 영상을 편집할 때 귀중한 자료가 될 테니까.

"들어가지."

카이가 던전의 입구에 손을 올리자, 며칠 전에 보았던 메시지가 떠올랐다.

띠링!

[입장 제한이 걸려 있는 던전입니다.]

[최소 5인 이상의 플레이어가 입장해야 합니다.]

[현재 파티의 멤버는 5명입니다.]
[던전에 입장합니다.]

물론 출력된 메시지는 그때와 달랐다. 카이를 포함한 파티원들은 어떠한 제지도 없이 던전으로 들어섰다.

쿠구궁.

다섯 사람이 던전에 들어오자, 입구가 그대로 닫혀 버렸다.

[던전 '타락의 성지'를 최초로 발견했습니다.]
[게임 시간으로 9일 동안 경험치 획득률과 아이템 드랍률이 30% 증가합니다.]
[경험치 370,418를 획득합니다.]
[명성이 15,200 증가합니다.]

"흠. 개떡 같네."

자연스럽게 탱커의 자리인 선두를 차지한 발터가 중얼거렸다. 던전의 최초 발견 보상을 획득한 것은 분명 좋은 일이었다. 허나 문제는 다른 부분에 있었다.

"입구가 꽉 닫혀 버린 걸 보니, 섬멸형 던전인데?"

섬멸형 던전. 말 그대로, 던전의 모든 몬스터를 처치해야 출구가 열리는 던전을 의미했다.

과거 플레이어들이 가장 싫어하는 던전은 개미굴 형태의 던전이었다. 미로같이 꼬여 있는 개미굴 던전은 단순히 몬스터를 죽이는 것만이 전부가 아니라, 보스방을 찾아가는 것도 커다란 일이었으니까.

　"이거…… 농담이 아니라 진짜 제대로 개떡 같은 던전이잖아?"

　하지만 시대가 바뀌었다.

　플레이어들의 레벨은 점점 더 높아져 갔으니까.

　그에 따라, 그들을 맞이하는 던전도 더욱더 진화했다. 당연히 플레이어들이 싫어하는 형태의 던전도 새롭게 바뀌었다.

　"이 던전, 대체 조건이 몇 개나 걸려 있는 거야?"

　"지저스! 플로어, 섬멸, 개미굴. 세 개나 있잖아?"

　예전처럼 한 가지 조건만 달린 게 아니라, 최악의 조건들을 주렁주렁 달고 있는 던전들이 등장하기 시작했으니까.

　"흐음……."

　카이는 착 가라앉은 눈으로 주변을 둘러보았다. 입구 쪽에는 그리스 숫자로 1이라는 문양이 쓰여 있었다.

　'층을 나타내는 숫자가 있는걸 보니 플로어 형식이야. 몇 층이나 될까?'

　일반적인 던전은 단일 층으로 이루어져 있지만, 플로어 형식의 던전은 달랐다. 예전 카이가 방문했던 라이넬의 던전처럼 여러 층으로 이루어져 있었으니까.

'그리고 개미굴과 섬멸.'

그야말로 최악의 조합이었다. 개미굴 형태의 던전은 일반적인 던전보다 몬스터의 수가 훨씬 많다. 한데 거기에 섬멸이라는 조건까지 추가된다면?

'결국, 존재하는 몬스터를 다 잡아야 한다는 소리야.'

몬스터가 수백, 어쩌면 수천 단위로 도사릴지도 모르는 장소가 던전이다.

발터가 골치 아프다는 목소리로 물었다.

"정우…… 아니, 카이야. 이거 어떻게 하냐?"

"뭘 어떻게 해."

카이는 가볍게 스트레칭을 하며 몸을 풀기 시작했다.

"공략해야지."

사냥이 시작되었다.

플레이어에게 던전의 존재란 날카로운 가시가 돋은 장미와 같다. 공략에 성공하면 달콤한 보상을 쟁취할 수 있지만, 실수로 가시에 찔리기라도 하면 단순히 피가 나는 것으로 끝나지는 않았으니까.

그런 의미에서 타락의 성지는 수많은 가시가 돋아 있는 꽃이었다.

"여긴 하루 이틀 돈다고 공략될 던전이 아닌 것 같은데……?"

심지어 가시가 즐비하게 박힌 줄기만이 눈에 들어올 뿐. 그 위에 달려 있을 꽃잎은 무슨 색인지조차 알 수 없었다.

"고민해도 답은 나오지 않아. 가자고."

"그런데 내가 정말 탱커할 수 있을까? 여기 출현하는 몬스터 레벨이 몇일지도 모르잖아."

"괜찮아. 한 번 해보고 안 되겠으면 버프 줄게."

"성기사가 버프를 줘봤자…… 아."

말을 하던 발터가 입을 다물었다. 카이가 비르 평야에서 아군에게 걸어줬던 광역 버프가 떠올랐으니까.

"비르 평야에서 썼던 광역 버프, 그거 지금 걸어주면 안 돼?"

"그거 비싼 거야. 나중에 때 되면 걸어줄게."

발터의 요청을 가볍게 무시한 카이는 포지션을 정해주었다.

"발터가 선두에서 탱킹, 유하린 씨는 왼쪽 윙어를, 설은영 씨는 오른쪽 윙어를 맡아주세요. 마이클은 내 옆에 서고."

윙어(Winger). 축구에 존재하는 포지션 중 하나를 그대로 가져온 것이다. 탱커보다 살짝 뒤에 위치하는 그들은 언제든지 공격에 가담할 수 있고, 탱커가 위험에 빠지면 탱킹까지 맡아야 하는 포지션을 의미했다.

당연히 아무나 소화할 수 있는 포지션은 아니었다. 실제로 지금도 수많은 길드들은 쓸 만한 윙어 하나를 만들기 위해 자금을 억 단위로 투자했으니까.

'하지만 이 파티에는 있어.'

그 난해한 포지션을 소화해줄 수 있는 최상급의 근접 딜러가. 그것도 한 명이 아니라 무려 두 명이나 존재했다.

"포지션이 마음에 들지 않으신 분은 지금 말해주세요."

물론 불만을 토로하는 이는 없었다. 오히려 아주 자연스럽게 자신의 위치로 이동할 뿐.

"그럼 출발합니다."

등 뒤에서 방패를 꺼낸 발터는 이를 왼팔에 부착시키며 전방을 가렸다. 호리호리하지만 키는 제법 큰 발터의 몸 대부분을 가려주는 거대한 사각의 방패. 앞으로 한 발자국씩 내딛는 발터의 표정은 더없이 진지해 보였다.

"……."

허나 1분이 채 지나기 전에, 카이가 그를 멈춰 세웠다.

"발터, 잠깐 멈춰 봐."

"응? 갑자기 왜?"

발터는 여전히 전방을 경계하면서 입을 열었다.

이에 살짝 한숨을 내쉬는 카이.

그는 애매한 표정을 짓고 있는 설은영을 가리키며 말했다.

"너 혹시 평소에 던전 공략을 할 때도 이렇게 하냐?"

"응. 물론이지. 던전이 어떤 곳인데."

발터가 고개를 돌리며 당연하다는 듯 고개를 끄덕였다.

확실히 그의 말대로 던전에는 수많은 위험이 도사리고 있다. 조심해서 나쁠 것은 없다는 소리.

'하지만 이 파티에서만큼은 아니지.'

불행히도 그의 친우는 자신이 아직 어떤 파티에 소속되어 있는지를 자각하지 못한 듯했다.

"괜찮으니까 쭉쭉, 빠르게 전진해. 그 속도로는 한 달이 지나도 공략 못 하겠다."

"정말 괜찮겠어? 속도 올리는 거야 상관없는데, 그러면 커버력이 떨어져. 갑자기 측면에서 몬스터라도 튀어나오면……."

"왜, 딜러들 죽을까 봐?"

"그야…… 아."

고개를 돌려 유하린과 설은영을 쳐다본 발터는 짧은 탄성을 뱉어냈다. 그가 평소에 던전을 돌 때는 당연히 휘몰이 길드원들과 함께였을 터.

'발터에게는 미안하지만, 휘몰이 길드는 국내에서는 몰라도 세계 기준으로 봤을 때 B급도 간당간당한 곳이야.'

그런 곳의 길드원들은 보호하면서 던전을 진행해야 했으니, 저런 습관이 몸에 밴 것이다.

"조언 좀 해도 될까요."

할 말은 다하고 사는 설은영이 입을 열었다.

이에 발터는 정신없이 고개를 끄덕였다.

"해주신다면 감사히……."

"우선 어깨. 힘 빼세요. 그런 자세라면 정면에서 몬스터가 튀어나올 때는 도움이 될지 몰라도 측면에서 기습을 당하거나 함정이 발동될 때는 반응하기 힘드니까."

"아!"

발터가 짤막한 탄성을 터뜨렸다. 그것은 그가 평소에 던전을 돌면서 항상 겪어오던 일이었다.

'어깨에 힘을 너무 준 것이 문제였나?'

휘몰이 길드에서는 자신이 어떤 점을 고쳐야 하는지를 속 시원하게 조언해줄 사람이 없었다. 해주지 않는 것이 아니라 해주고 싶어도 실력이 안 돼서 못 해주는 것이었다.

"감사합니다. 그럼 조금 더 빨리 가볼게요."

전진하는 발터의 걸음걸이가 눈에 띄게 빨라졌다.

물론, 그렇다고 경계를 게을리하지는 않았다.

찌릿.

자신이 얼마나 큰 기회를 손에 넣은 것인지를 깨달은 발터는 집중력을 끌어올렸다.

평소보다도 훨씬 더 집중이 잘 되는 느낌. 살짝 어두운 던전의 길이 구석구석까지 똑똑히 보이는 기분이었다.

'바닥에는 함정 없음. 벽에도 없고, 천장도 클리어.'

길드원들과 함께 던전을 돌 때는 배우지 못했던 것을 던전 입장 5분 만에 배울 수 있었다. 발터는 이번 기회에 배울 수 있는 것은 모두 배우겠다고 생각하며 앞으로 나아갔다.

그러기를 잠시, 그의 발걸음이 우뚝 멈춰졌다.

"몬스터 발견."

"……저 녀석들. 뭐 하고 있는 거지?"

카이가 눈을 가늘게 뜨며 앞을 바라봤다. 세 마리의 인간형 몬스터는 그들에게 등을 보인 상태였다.

우걱우걱, 쩝쩝.

그리고 자리에 주저앉아 무언가를 연신 입가로 가져가는 중이었다.

'늪지 개구리다.'

평균 레벨 280의 몬스터를 식량 취급하는 녀석들이니 그보다는 레벨이 높을 것이다.

그런 카이의 예상은 적중했다.

"킁킁. 냄새가……."

"인간……! 인간의 냄새다!"

뒤로 고개를 휙 돌리는 녀석들의 눈은 붉게 충혈되어 있었다. 그들은 먹고 있던 개구리를 버려둔 채, 네 발을 이용해 빠르게 뛰어왔다.

발터가 소리쳤다.

"젠장, 말을 하는 구울이라고? 레벨은 310!"

"키아아아악!"

세 마리의 변종 구울들은 각기 발터와 유하린, 설은영에게 달려들었다.

"어딜……!"

자신의 존재가 무시당했다고 생각한 발터는 눈에 쌍심지를 켰다. 동시에 그는 무거운 방패를 힘껏 들어 올려, 바닥에 내리찍었다.

쿠우웅-!

그리고 전방에 펼쳐지는 푸르스름한 마나의 벽.

"마나 방벽!"

달려든 구울들이 방벽에 머리를 들이박았다.

꽈앙, 꽈아앙!

"크윽……!"

발터의 몸이 뒤로 4㎝가량 밀려났다. 하지만, 결과적으로 그는 구울들의 기습을 훌륭하게 막아냈다.

"윙어들!"

후방에서 상황을 주시하던 카이가 소리쳤다.

동시에 두 명의 윙어가 날뛰기 시작했다.

푹!

유하린의 검이 섬전처럼 움직이며 변종 구울 한 마리의 목을 베었다.

"키르륵! 무, 무슨……?"

변종 구울은 황급히 뒤로 물러나며 목에 박힌 검을 빼내려 했다.

하지만 유하린의 반응속도가 더 좋았다. 그녀는 변종 구울이 뒤로 걷는 속도만큼 정확히 따라붙으며, 그대로 검을 아래로 내렸다.

쯔거억!

결국 몸이 둘로 갈라진 변종 구울은 그대로 사망했다.

'역시 유하린. 공격력 하나는 일품이야.'

레벨이 깡패인 점도 있었지만, 그것을 제외하고서라도 아름다운 연속기였다.

카이의 시선이 이번에는 오른쪽으로 돌아갔다.

"샤프니스."

설은영이 들고 있던 화려한 백색 레이피어가 한 차례 빛났다.

샤프니스, 방어력 관통력과 공격력을 올려주는 버프.

그녀는 유하린에게 질 수 없다는 듯, 왼쪽 다리를 앞으로 내디뎠다.

'속도만 따졌을 때는 설은영 쪽이 더 위인가?'

레이피어는 일반적인 검과는 달리, 베기보다는 '찌르기'에 특화된 무기이다. 찌르기 무기의 대명사인 창이 그렇듯, 레이피어를 사용할 때 가장 중요한 것이 바로 거리.

설은영의 쭉 뻗은 다리가 앞으로 나가고, 거기서 상체까지 앞으로 숙이자 변종 구울과 설은영의 거리는 눈 깜짝할 사이에 가까워졌다.

"빠, 빠르…… 키에엑!"

설은영의 레이피어가 잔상을 남기며 변종 구울의 전신을 찌르기 시작했다.

피빗! 핏! 피비빗!

물이 가득 찬 페트병을 바늘로 찔렀을 때처럼 구울의 몸에서는 가느다란 피가 새어 나오기 시작했다.

하나, 둘.

설은영의 레이피어가 움직일 때마다 혈선의 수가 늘어났다.

"크, 크르륵……?"

치즈마냥 구멍이 숭숭 뚫린 구울의 몸에서 뿜어져 나오는 혈선이 18개가 넘었을 때.

그는 자신이 어떤 꼴이 되었는지 인지하지 못한 채, 쿵 소리를 내며 쓰러졌다.

"나이스! 라스트 한 마리!"

발터가 신난 목소리로 소리쳤다. 이렇게 수준 높은 딜러들과 함께 던전을 공략한다는 것이 즐거워졌기 때문이다.

"이, 인간들 따위가 어, 어떻게…… 키르륵!"

자신의 동료들이 순식간에 처치되자, 마지막 남은 구울은 뒤도 돌아보지 않고 도망쳤다.

"이런."

아까 돌진할 때도 느낀 거지만, 변종 구울들의 이동속도는 상상 이상으로 빨랐다. 물론 전력으로 달리면 못 잡을 정도는 아니었다.

'이건 포기해야 해.'

하지만 설은영은 빠르게 포기했다. 몬스터들은 영리하지만, 던전 안의 몬스터들은 훨씬 더 영리하니까. 저렇게 도망치는 녀석을 무턱대고 쫓아가면 반드시 함정이 있는 곳으로 유인하게 마련이다.

그녀가 한 놈을 놓쳤다는 생각에 인상을 찌푸리는 순간.

후웅!

바람이 불 일 없는 던전의 내부에서, 한 줄기 바람이 그녀의 얼굴을 스쳐 지나갔다.

동시에 그녀의 얼굴이 딱딱하게 굳어갔다. 던전에서 이유없이 바람이 불 일이 없다는 건 그녀도 잘 알고 있었으니까.

즉, 이 바람은 자연적인 바람이 아니라 사람이 만들어낸 것이었다.

휙.

황급히 고개를 돌린 설은영의 시야로 낯익은 등이 보였다.

"끼, 끼르륵!"

네 발을 이용해 엄청난 속도로 도망을 치던 변종 구울이 돌연 비명을 내질렀다. 갑자기 두 다리에 힘이 들어가지 않았기 때문이다. 그것으로 끝이 아니었다.

"크륵? 파, 팔에도……."

팔과 다리. 자신이 달릴 수 있게 만들어주는 신체 부위에 한 줌의 힘도 들어가지 않았다. 순식간에 달려 나간 카이가 녀석의 힘줄을 정확하게 잘라 버린 것이다.

파아아아아아악!

변종 구울이 달려가던 속도 그대로 머리부터 바닥에 처박혔다. 그 속도가 어찌나 빨랐던지, 녀석은 바닥에 처박히고도 10미터 가까이 앞으로 쓸려 나갔다.

"키에에에엑! 아파! 아프다!"

비명을 내지르는 변종 구울의 비명은 머지않아 뚝 그치게 되었다. 죽은 자는 말이 없는 법이니까.

"……."

던전에서 치러진 첫 번째 전투가 성공적으로 끝났음에도 불구하고 파티원들은 침만 꿀꺽 삼키며 흔들리는 눈빛으로 카이를 쳐다봤다.

그중에서도 유하린과 설은영의 눈빛은 흔들리는 것을 넘어

복잡한 감정을 내포하고 있었다.

'배짱과 속도, 정교함. 3박자가 고루 갖추어진 말도 안 되는 기술이야.'

'도망치는 변종 구울은 나도 따라잡을 수 있어. 하지만 달려가는 녀석의 팔다리 힘줄을 정확하게 자르는 건 불가능해. 그것도 검을 딱 네 번만 휘두르다니……'

두 눈으로 똑똑하게 봤지만, 믿기지 않을 정도였다.

두 여인과 발터가 전율에 몸을 부르르 떨고 있을 때, 마이클만이 기쁨의 웃음을 흘렸다.

"오우, 브로! 나 여기 아주 마음에 들어."

그의 몸에서는 빛이 정확히 3번 뿜어져 나왔다. 고작 첫 번째 전투를 치렀을 뿐인데 레벨이 3개나 올라간 것이었다.

성격이 불같은 플레이어라고 해도, 던전에서 만큼은 제 성질을 한 수 접어야만 했다. 심지어 던전이 개미굴 형태라면 더더욱. 한 번의 실수는 소란으로 이어지고, 소란은 던전의 몬스터들을 끌어들일 수 있었으니까.

던전에서 소란을 피우지 말 것. 그것은 던전에 입장하는 모든 플레이어가 지켜야 할 하나의 '규칙'이었다.

"이 던전 진짜 꿀인데?"

그것이 이유였다. 파티의 던전 공략 진행이 생각보다 느린 이유. 물론, 카이가 느끼기에 느리다는 것뿐. 일반인들이 보기에는 충분히 빠른 속도였다.

쓰러지는 변종 구울을 쳐다보던 카이는 제법 거대한 공터를 둘러보며 입을 열었다.

"자리 좋네요. 여기서 잠시 휴식하죠."

던전에 입장한 지도 세 시간이 흘렀다.

그동안 처치한 몬스터의 숫자는 서른 마리. 그들이 주는 경험치에 마이클은 물론이고, 발터까지 함박웃음을 지을 정도였다. 안 그래도 많은 경험치를 주는데, 최초 발견 버프까지 걸린 상태였으니까.

'유하린과 설은영도 레벨이 각각 하나씩 올랐고.'

유일하게 레벨이 오르지 않은 카이였지만, 그의 표정에서는 불만 따위는 찾아볼 수 없었다. 오히려 휴식하는 일행들을 쳐다보던 그는 만족스러운 미소를 머금고 고개를 끄덕였다.

'이제 슬슬 제대로 공략해도 되겠어.'

사실 카이가 가장 우려했던 것은 마이클이 아니라, 그의 친구인 발터였다.

'탱커가 제 역할을 못 하면 던전 공략은 힘들어질 수밖에 없으니까.'

만약 이것이 방송이 아닌 솔로 던전이었다면 카이가 다 해 먹으면 된다.

하지만 지금 촬영하는 장면들은 훗날 방송 자료로 쓰이게 될 것이다. 자신의 패를 어느 정도 드러내겠다고는 했지만, 밑천까지 털어줄 생각은 없었다.

'하지만 발터의 레벨이 몇 개 오르면서 충분히 제 역할을 해줄 수 있을 것 같아.'

던전에 입장할 때만 해도 불안하던 발터의 실력은 빠르게 올라가고 있었다. 단순히 높은 레벨의 몬스터를 상대하기 때문만은 아니었다.

'설은영. 역시 천화의 마스터다워.'

그녀는 파티의 탱커가 무너지면 답이 없다는걸 누구보다 잘 알고 있는 전장의 여왕이다. 그 때문인지 전투가 한 번 끝날 때마다, 짧게나마 발터에게 조언을 해주고 있었다. 그것이 발터의 실력을 빠르게 상승시키는 주요 원인이었다.

앞에서 당겨주고 뒤에서 밀어주는 이가 있다면, 당연히 오르막길을 쉽게 올라갈 수 있으니까.

"헤이 브로. 혹시 랭킹 1위가 알려주는 휴식 시 꿀팁 같은 게 있을까?"

휴식을 취하는 카이에게 다가온 마이클이 실실 웃으며 물었다. 그는 휴식 시간마다 일행들을 돌아다니며 짧게나마 인터뷰를 했다. 방송의 초점이 던전 공략이 아닌 예능에 맞춰진 만큼, 이런 식으로 분량을 확보하기 위함이었다.

"휴식할 때의 팁이라…… 글쎄요?"

카이는 인터뷰를 할 때만큼은 반말을 사용하지 않았다. 훗날 이 장면을 보게 될 시청자들이 불쾌감을 느낄 수도 있었으니까.

잠시 생각을 이어가던 카이가 입을 열었다.

"그냥 음식들을 먹어주면서 체력과 스테미너를 보충해 주고, 전투로 인해 손상된 장비들을 수리해 주고. 지난 전투들을 떠올리며 앞으로 어떻게 싸워야 할지 생각하는 정도가 아닐까요."

"오우, 누구나 알고 있는 뻔한 팁을 알려줘서 고마워, 브로."

마이클의 말장난에 카이가 쓴웃음을 지었다. 그런 사소한 부분까지 캐치하는 마이클은 속으로 미소를 지었다.

'이거, 그림 좀 나오겠는걸.'

언노운이라는 이름은 여태까지 경외의 대상으로 군림하고 있었다. 어느 날 갑자기 등장한 이 남자는 커리어를 쌓아나가며 점점 이름을 알리기 시작했고 지금에 이르러서는 견줄 자가 없는 세계적인 스타의 자리까지 발돋움했으니까.

'이번 예능에서 보여줘야 할 것은 브로의 인간미.'

그를 대중에게 더 친숙한 존재로 만드는 것이 마이클이 이번 촬영에 임하는 목표였다. 솔직히 무명에 가깝던 언노운을 이 자리까지 올려놓는 데는 그도 상당량 기여했다. 그래서인지 그가 과연 어디까지 갈 수 있을까 궁금해졌고, 그 끝을 함께 보고 싶었다.

"어? 버섯이다."

바닥에 주저앉아 육포를 뜯어 먹던 발터가 기묘한 색상의 버섯 하나를 뜯어내며 중얼거렸다.

"먹을 수 있는 건가?"

"내려놔."

설은영이 단호한 목소리로 말했다.

그녀는 발터를 몇 번이나 가르치며 확고한 스승의 자리를 쟁취했고, 그보다 나이도 많았다. 당연히 발터는 그녀를 깍듯하게 모셨고, 그것이 그녀가 반말을 사용할 수 있는 이유였다.

"던전에서 채취한 음식들은 약사에게 확인을 받는 것이 먼저니까."

"그야 누님 말씀이 맞지만……."

발터가 아쉬운 표정으로 고개를 끄덕였다.

던전에서 발견되는 버섯이나 꽃 등은 가끔 스탯을 올려줄 때도 있기 때문이었다. 그러한 아이템을 영약이라 불렀는데, 뜯어낸 즉시 먹어야 온전한 효율을 끌어낼 수 있었다. 그것이 거대 길드에서 던전을 공략할 때 구태여 약사들을 데려가는 이유이기도 했다.

"자, 랭킹 21위께서는 우신 확인을 받는 게 중요하나 했는데, 과연 랭킹 2위는?"

마이클이 짓궂은 표정을 지으며 질문했다.

제 검을 손질하고 있던 유하린은 돌발적인 질문에 제 어깨를 흠칫 떨었다.

"……."

그녀는 칠흑의 갑옷과 함께 투구를 착용하고 있었지만 누가 봐도 당황했다는 모습이 보일 정도였다.

어쩔 줄 모르겠다는 듯 이리저리 돌아가던 그녀의 시선이 고정된 곳에는 카이가 있었다.

마이클이 실실 웃었다.

"호오. 브로를 쳐다보는데, 어때? 혹시 이런 걸 막 주워 먹는게 브로가 강한 이유 아니야?"

그는 농담 삼아 한 말이었지만, 카이는 이를 달리 받아들였다.

"글쎄. 내가 강한 이유는 이것 때문은 아니지만……."

카이는 발터가 내려놓은 버섯에 손을 뻗었다.

"궁금하면 그냥 먹어보면 되지."

중얼거린 카이는 망설이지 않고 버섯을 제 입으로 가져갔다.

"자, 잠깐만요! 지금 뭐 하시는……."

"야!"

깜짝 놀란 설은영과 발터가 소리쳤지만, 카이의 표정은 평온했다.

질겅질겅.

잠시 버섯을 씹던 그는 잠시 후 이를 뱉어냈다.

"퉤. 이건 못 먹어."

"으, 응⋯⋯?"

마이클이 갑작스러운 사태에 당황하자, 카이가 그를 빤히 쳐다보며 설명했다.

"이거 못 먹는다고. 독버섯이야. 독성이 강해. 별이 다섯 개나 있어."

"오, 오 성짜리 독이 들어 있는 버섯!"

일행이 경악했다.

사실 그러한 반응은 당연했다. 과거 뮬딘 교가 만들어 세계수 루테리아를 중독시킨 '아카샤의 심판'이 7성짜리 독이었으니까.

일반 유저들 사이에서는 3성짜리 독만 되어도 제법 위험하다는 인식이 널리 퍼져 있었다.

"브, 브로는 괜찮아? 멀쩡해 보이는데?"

마이클이 뜨악한 표정으로 질문하자 카이는 태연스럽게 고개를 끄덕였다.

"난 괜찮아. 스페셜 칭호인 '포이즌 마스터'가 있거든. 모든 종류의 독에 면역이야."

"⋯⋯."

그 대단한 능력을 아무렇지도 않게 말하는 카이의 모습에 일행이 멍한 표정을 지었다.

"브로. 이 부분은 편집해 줄까?"

마이클이 진지한 표정으로 물었다.

그의 전력이 드러날까 우려했기 때문이다.

하지만 카이는 어깨만 한 번 으쓱거렸다.

"굳이? 편한 대로 해."

사실 모든 독에 면역이라는 것은 말해주더라도 카이에게 아무런 손해가 없었다. 게다가 '포이즌 마스터'가 지닌 진정한 능력은 면역 따위가 아니었다.

'중요한 건 독에 대한 정보를 해석할 수 있다는 거니까.'

자리에서 일어난 카이는 넋이 나가 있는 일행을 향해 턱짓했다.

"이제 출발하죠?"

"발터, 던전 도는 거 어때?"

공략이 재개되자, 카이가 물었다.

"처음에는 솔직히 좀 불안했는데, 이제 제법 적응돼서 괜찮아. 자신 있어."

발터가 의욕을 드러내며 자신 있게 말했다.

카이는 듣고 싶은 대답을 들었다는 듯, 만면에 활짝 미소를 피웠다.

"그래? 잘됐네."

"뭐…… 가?"

잘되다니, 대체 뭐가?

친구의 밝은 얼굴을 보고 불안감을 느낀 발터가 떨리는 목소리로 물었다. 카이는 그의 어깨를 두드리며 입을 열었다.

"설마 이런 굼벵이 같은 속도로 계속 공략해 나갈 생각은 아니었지?"

"그, 그럴 생각이었는데……."

"에이, 왜 이래. 아마추어같이."

카이가 일행을 돌아보며 선언했다.

"공략 속도를 좀 높일게요. 이대로 가다가는 던전에 몇 주는 묶여 있을 것 같으니까."

"찬성이에요. 길드 관리는 며칠만 밀려도 골치 아파지니까요."

끄덕끄덕.

"어, 음……. 나야 뭐 브로 뜻대로."

발터를 제외한 이들이 모두 찬성을 하자, 카이가 천장을 향해 손을 뻗었다.

"그럼 시작합니다."

"자, 잠깐만! 뭘 시작해?"

덥석.

무의식적으로 카이가 뻗은 손을 붙잡은 발터가 흔들리는 눈빛으로 물었다.

카이는 피식 웃으며 대꾸했다.

"손님이 왔는데 집주인이 마중 정도는 나오게 해야지."

"너 설마……!"

"걱정 마. 넌 할 수 있어. 내가 도와줄게."

친구를 안심시킨 카이의 주변에서 돌연 네 개의 마법진이 돌아가기 시작했다.

"홀리 익스플로젼."

찰나와 같은 캐스팅이 끝나고, 천장을 향해 네 개의 광선이 직행했다.

쿠구웅!

돌무더기가 떨어지며 던전이 무너질 것처럼 크게 흔들리기 시작했다.

"오우, 지저스. 성기사의 마법 주문이 무슨…… 웬만한 마법사 저리 가라네."

마이클의 얼굴에서 식은땀이 흘러내렸다. 그것은 비단 홀리 익스플로젼이 지닌 파괴력 때문만은 아니었다.

-키에엑!

-소리…… 소리다!

-침입자!

던전이 떠나갈 정도의 굉음을 한 번 내주자, 몬스터들이 곧장 반응했다.

"곧 시작될 거예요."

카이가 공터의 반대쪽에 위치한 단 하나의 입구를 바라보며 말했다.

이미 뒤쪽의 모든 굴은 깨끗하게 클리어한 상태.

'던전이 얼마나 넓은지도 모르는데, 주야장천 느리게 돌 수는 없지.'

본인들이 찾아가기 귀찮다면, 불러오면 그만이다. 물론 카이의 이 정신 나간 행동에 발터는 울상을 지었다.

"이건 돌았어. 돌았다고!"

"인정합니다, 탱커 브로. This is insane! 미친 짓이에요."

던전에서는 돌다리는 물론 멀쩡한 바닥마저 두드리며 조심스럽게 진행해야 한다는 규칙. 그 틀에 박힌 규칙을 과감하게 때려 부수는 무식한 공략법! 이 세상에서 오직 언노운, 카이만이 할 수 있는 미친 짓이었다.

"오, 온다. 몬스터 웨이브 온다고!"

몬스터 웨이브(Monster Wave). 괴물들의 파도라고 불리는 이 단어는 이벤트 때나 볼 수 있는 단어였다.

'그렇네. 오크 로드 공략전이나 침공 이벤트 때 자주 들었는데.'

바꿔 말하면, 이벤트가 발생하지 않으면 들을 일이 없는 단어이기도 했다.

하지만 카이는 몬스터 웨이브를 인위적으로 만들어냈다. 그것도 개미굴을 다 도는 것이 귀찮다는 이유 하나만으로.

"키에에엑!"

"인간…… 인간이다!"

"먹잇감!"

"나약한 종족!"

파바바박.

다양한 레벨의 변종 구울들은 날카로운 손톱과 발톱으로 바닥을 긁으며 빠르게 달려왔다.

"발터. 정신 차려!"

카이는 반쯤 넋이 나간 친구의 어깨를 강하게 흔들었다.

"그, 그래도 이 미친놈아. 몬스터들 숫자가……."

선발대로 도착한 변종 구울들의 숫자는 못해도 백여 마리는 되어 보였다. 그 정도의 숫자를 홀로 커버해야 된다고 생각하니, 발터는 머릿속이 하얘졌다.

"내가 도와준다고 했잖아."

토닥토닥.

친구의 어깨를 두드려 준 카이가 믿음직스러운 미소를 띠며 입술을 달싹였다.

"블레스. 헤이스트, 스트렝스."

"음? 너 설마 사제 스킬 트리도 올렸냐? 그거 효율 굉장히 별로라고 들었……."

중얼거리던 발터는 버프들의 효과를 확인했다. 동시에 그의 눈이 휘둥그레졌다.

'뭐, 뭐야, 이 미친 수치들은?'

휘몰이 길드 1군에 소속된 사제들조차 넘보지 못할 정도의 수치들!

가장 큰 충격을 받은 건 설은영이었다. 그녀가 최근 영입한 랭커 사제의 버프들도 이 정도까지는 아니었으니까.

유감스럽게도 카이의 버프는 그것으로 끝나지 않았다.

"지금부터는 히든 클래스 고유 스킬이다."

태양의 축복, 태양의 갑옷이 사용되자, 발터의 장비들이 황금빛으로 번쩍이기 시작했다.

그리고 마지막으로, 카이가 가볍게 발을 굴렀다.

쿠웅.

"솔라 필드."

일행을 중심으로 넓게 퍼져 나간 태양의 영역은 넓은 공터를 가득 메웠다.

"이번 전투에서 내 포지션은······."

줄곧 후방에서 전투를 지켜보고, 오더만 내리던 카이가 앞으로 나섰다. 발터라는 단단한 방패. 좌측과 우측을 맡은 두 명의 자유로운 딜러들. 궁수인 마이클은 멀찍이 떨어져서 엄호를 맡았다.

마지막으로 파티에서 가장 날카로운 송곳은, 자연스럽게 발터의 바로 뒷자리를 차지했다.

　"스트라이커다."

　몬스터들의 물결이 일행을 덮쳤다.

+ 87장 +
흡혈왕 데스몬드

　더 강한 몬스터에게 복종하는 것이 몬스터들의 생태계다. 특히 던전처럼 강력한 보스가 군림하는 장소에서는 더더욱 그러했다. 강력한 개체가 통솔하는 던전의 몬스터들은 필드의 몬스터들보다 더 조직적이니까.

　허나 카이 일행을 향해 파도처럼 몰려드는 변종 구울은 조금 이상했다.

　'이 녀석들, 단결력이라고는 눈곱만큼도 없어. 대체 왜?'

　그저 시뻘겋게 물든 눈을 한 채, 침을 뚝뚝 흘리면서 짐승처럼 달려들 뿐 그 어떤 질서도 찾아볼 수 없었다.

　그들은 몬스터 웨이브라는 말에 더없이 어울리는 이들이 되었다. 인간을 먹기 위해 아군의 어깨와 머리를 짓밟으며 다가오는 녀석들은 마치 쓰나미 같았으니까.

"발터, 이거 버텨야 돼."

카이가 말했다.

"젠장, 젠장!"

전방의 모든 시야가 변종 구울로 채워지는 심리적 압박감. 일반적인 플레이어라면 다리가 덜덜 떨려도 할 말 없을 그 상황에서 발터는 인상을 왈칵 구기더니 고함쳤다.

"그래, 어디 한 번 와서 뚫어봐라, 이 바퀴벌레 같은 새끼들아!"

쿠우우웅!

다시 한번 전개된 그의 마나 방벽은 공터를 정확히 이등분하며 일행을 보호했다. 그 위로, 변종 구울들의 몸통 박치기가 작렬했다.

끼리릭, 끼릭. 끼이이익!

변종 구울들의 손톱과 발톱이 마나 방벽을 긁으며 기괴한 소리를 퍼뜨렸다.

"크윽, 젠장!"

마치 손톱으로 칠판을 박박 긁는 듯한 듣기 싫은 소리. 하지만 다행히도 방벽은 긁기나 베기 같은 도검류 공격에 강한 모습을 보여준다. 그것이 이유였다.

"키에에엑!"

"인간, 인간! 인간!"

"먹는다…… 맛있겠다!"

인공지능이 높기로 소문난 미드 온라인의 몬스터들이 공격 방식을 바꾼 이유.

그들은 자신들의 단단한 머리와, 어깨를 사용하기 시작했다.

쿠웅, 쿵. 쿠우웅!

방벽에 부딪친 머리에서 피가 흘러도, 어깨뼈가 바스라져도. 변종 구울들은 마치 통각을 상실한 놈들처럼 계속해서 방벽에 부딪혀 왔다.

"이, 이런 미친…… 방벽 내구도 살살 녹는다! 차라리 지금 차징으로 밀어버리는 게 나아!"

발터의 우는 소리에 카이는 방벽 너머의 변종 구울들을 차갑게 응시하며 중얼거렸다.

"아직이야. 좀 더 버텨."

"젠장, 몬스터 수가 몇 마리인데! 보통 상황에서라면 탱커가 세 명은 필요하다고!"

"그래도 안 돼. 아직이야…… 좀만 더 버텨봐."

"크으으윽……!"

발터가 입술을 질끈 깨물며 두 다리와 방패를 바닥에 철심처럼 박아 넣었다. 그럼에도 불구하고 그의 몸은 꾸준히 뒤로 밀려났다.

쿠웅, 쿠우웅! 쿠우웅!

마치 공성전에서 성문을 박살 내는 역할을 하는 파성추처럼 변종 구울들의 박치기와 숄더 차징은 충분히 위력적이었다.

하지만 카이는 기다리라는 말만 기계처럼 반복했다.

"카이! 이건 내가 봐도 지금 당장 차징으로 밀어내고 정리를……."

"아직! 좀만 더 기다리세요!"

금방이라도 쓰러질 듯한 발터를 보다 못한 설은영이 입을 열었지만, 카이는 완강했다.

'조금 더, 조금만 더.'

그가 애타도록 기다리는 것은 단 하나의 타이밍. 눈 앞의 변종 구울들의 탑을 쓰러뜨릴 찰나의 순간이었다.

그리고 마침내, 녹색으로 물든 카이의 눈이 무언가를 목격했다.

"키르륵?"

"앞이 막…… 혔다……."

"빨리빨리 비켜라! 나도 인간을 먹고 싶어!"

공터의 반대쪽. 단 하나만이 위치한 입구. 그곳을 통해 꾸준히 유입되던 변종 구울들의 발걸음이 뚝 멈춰 버렸다.

'됐다.'

발터가 열심히 버텨준 덕분에, 공터에는 발 디딜 틈도 없이 빽하게 변종 구울들이 들어선 상태였다.

그 수만 물경 1,000마리.

카이는 기괴한 소리를 질러대는 변종 구울들의 탑을 쳐다보며 소리쳤다.

"지금이야! 밀어버려!"

턱, 턱, 턱.

설은영과 유하린, 카이는 곧장 발터의 등에 손을 얹고 그에게 힘을 실어줬다. 동료들의 도움을 받은 발터가 젖먹던 힘까지 끌어내며 한 발자국을 땅에서 떼었다.

부들부들.

앞으로 나아갈 줄 모르고 허공에서 덜덜 떨리는 발터의 발.

하지만 그것도 잠시, 발터의 입에서 공터가 떠나갈 듯이 커다란 고함이 터져 나왔다.

"으아아아아아아아!"

동시에 허공에 정체되어 있던 그의 다리가 한 발자국 앞으로 내디뎌졌다.

처음 한 번이 어려울 뿐, 탄력을 받은 발터가 무소처럼 앞을 향해 전진했다.

"방벽 강타!"

우우우웅.

마나로 이루어진 푸른 방벽이 새하얗게 빛나기 시작했다.

동시에 방벽을 향해 연신 공격을 가하던 변종 구울들을 불도저처럼 밀어내기 시작했다.

발터의 힘이 부친다 싶으면, 카이가 뒤에서 검을 휘둘러 검풍을 쏘아내 지원했다.

그 결과.

"끼, 끼에엑!"

"모, 몸이 꼈다!"

"뒤로 빠져! 뒤로 빠져!"

"고, 공간이…… 공간이 없다! 캬아아악!"

"통로가 너무 좁다!"

인간을 먹겠다는 탐욕 하나로 협소한 공간에 빽빽이 들어선 변종 구울들은 이제 공터에서 빠져나갈 방법이 없었다.

기껏해야 하나 달린 통로는 변종 구울 두 마리가 지나가면 딱 알맞은 크기.

발터의 방벽 강타를 통해 밀려난 녀석들이 그 통로를 그대로 막아버렸기 때문이다.

"수고했어. 정말 수고했어."

카이가 발터의 어깨 갑주를 퉁퉁 두드렸다.

발터는 그 짧은 시간에 2주 정도는 늙은 것 같은 표정으로, 카이를 쳐다보았다.

'카이…… 이 녀석이 그리고 있던 작전이 이거였나?'

'과연. 앞서 몇 번 상대해본 변종 구울들의 주특기는 빠른 속도와 긴 손톱을 이용한 할퀴기 공격이었어.'

'이 넓은 공터를 이등분해 버리고, 나머지 절반은 변종 구울

들로 가득 채워서…… 적들의 공격 수단과 회피 수단. 두 마리 토끼를 모두 잡았어요.'

카이가 불러일으킨 몬스터 웨이브가 즉흥적인 발상이 아니었다는 것을 증명하는 셈이었다.

"원기 회복의 샘."

발터의 뒤쪽에 원기 회복의 샘을 네 개나 설치해 준 카이가 입을 열었다.

"그럼 시작하죠."

말을 짧게 뱉어낸 카이는 본격적으로 공격을 시작했다.

허나, 그가 시작한 것은 사냥 따위가 아니었다.

그저 학살일 뿐.

서걱, 서걱!

카이가 검을 휘두를 때마다, 변종 구울들의 팔과 다리, 혹은 목 따위가 그대로 잘려 나갔다. 그들은 공격을 피하기 위해 안간힘을 썼지만, 피할 수 있는 공간 따위는 없었다.

그것은 유하린과 설은영도 마찬가지였다.

콰드득, 서걱, 핏, 핏!

그녀들은 저항을 못하는 변종 구울들을 바라보며 아낌없이 솜씨를 뽐냈다. 세 사람의 공격은 마치 물 만난 고기처럼 화려하게 변종 구울들의 수를 줄여 나갔다.

덕분에 공터에서는 연신 빛이 뿜어져 나왔다.

빠암, 빠암, 빠암!

"오우, 지저스! 미드 온라인이 이렇게 즐거운 게임이었습니까? 파안~타아스틱!"

마이클의 몸에서는 대략 2초에 한 번꼴로 빛이 뿜어져 나왔다. 상대적으로 레벨이 낮은 발터의 몸에서는 대략 20초에 한 번꼴로 빛이 터져 나왔다.

그야말로 광란의 레벨 업!

'이거, 경험치 쏠쏠한데?'

심지어 파티에서 레벨이 제일 높은 카이조차 그 짧은 시간에 2개의 레벨이 올랐을 정도였다.

공터를 가득 메운 1,000마리의 변종 구울들을 모두 정리되는데 걸린 시간은 고작 23분 남짓이었다.

"마, 말도 안 돼……."

발터가 들고 있던 방패가 부르르 떨렸다. 불과 몇 시간 전에 287레벨이었던 그는 현재 318레벨의 랭커가 되어 있었기 때문이다.

'시, 실화인가?'

투구를 벗고 뺨을 때려봤지만, 통각 시스템은 멀쩡히 작용했다.

즉, 꿈이 아니라는 소리.

'하지만 이것조차도……'

발터가 뒤쪽으로 고개를 돌렸다.

31레벨 업은 분명 경이적이었지만, 마이클에 비할 바는 아니었다. 마이클은 177레벨에서 242레벨로 무려 65개의 레벨을 올리는 기염을 토해냈으니까.

심지어 설은영의 경우엔 322에서 335로. 유하린은 357레벨에서 네 개의 레벨을 올려 361레벨을 달성했다.

"휴, 깔끔하네."

공터 바닥에는 변종 구울들이 남긴 무수한 전리품들이 반짝였다. 카이는 유유자적 그것들을 주우며 정보를 확인하고 있었다.

그 태연한 모습에 발터가 소리를 질렀다.

"야! 왜, 왜 이렇게 태연해? 좀 더 그…… 뭐랄까. 기뻐해도 되잖아?"

"응? 내가 왜?"

"그야…… 너도 레벨이 두 개나 올랐잖아."

"2등에서 1등 된 것도 아니고. 현상 유지인데 뭘."

"……너, 설마 평소에도 이렇게 사냥하고 다니냐?"

"뭐, 비슷하지."

미소를 지으며 애매한 말을 뱉어내는 카이.

그 모습을 쳐다보는 네 사람은 본능적으로 알 수 있었다.

'이 녀석, 레벨 업 속도가 너무 빨라서 버그 플레이어라고 몰리던 이유가 있었네.'

'상식을 송두리째 갈아엎는 비정상적인 플레이…… 직접 겪고도 믿을 수 없어.'

카이가 어떻게 무수한 랭커들을 제치고 당당하게 1위라는 왕좌에 앉을 수 있었는지를.

그것은 단순히 히든 클래스를 운운할 만한 문제가 아니었다.

그들이 볼 때 카이는 기존에 존재하는 '규칙', 그것을 가볍게 무시하고, 파괴하는 '룰 브레이커' 그 자체였으니까.

"자, 그런데 나머지 놈들은 안 들어오나?"

카이가 공터의 입구를 쳐다봤다.

그곳에는 처음에 공터로 들어오지 못한 변종 구울들의 모습이 있었다.

하지만 그들은 감히 공터로 들어갈 생각조차 하지 못했다.

'키, 키에엑. 미친 인간이다.'

'키에엑, 또라이 같은 인간이다.'

'들어가면 죽는다!'

몬스터들이 강자의 말을 듣는 이유는 간단하다.

거역하면 죽으니까.

그들은 죽음에 민감한 존재들이었고, 들어가면 죽는다는 생각만이 머릿속을 지배한 상태였다.

하지만 녀석들의 뒤쪽에서 무언가가 터지는 소리가 들려왔다.

부욱, 촤아아악!

마치 북을 잡아 뜯고, 물감을 잔뜩 묻힌 붓을 사방으로 휘두르는 듯한 소리.

"키, 키에엑!"

"샤르단 님이다!"

변종 구울들이 두려운 표정을 지으며 앞과 뒤를 번갈아가며 쳐다봤다.

그들의 뒤에서 거대한 노성이 터져 나왔다.

"들어가라. 들어가서 모험가들의 피와 살을 뜯어 먹어라! 겁쟁이들은 내 손에 죽는다!"

'저놈이 보스인가.'

카이가 빙그레 미소를 지었다. 집을 좀 어질러 놨더니, 집주인이 헐레벌떡 뛰어나왔기 때문이다.

"보스예요."

설은영이 공터로 들어서는, 다른 구울들보다 키가 2배 정도 큰 근육질의 구울을 보며 말했다.

"레벨 390이라…… 일찌감치 말하지만, 나 저거 못 막는다. 하기 싫다는 게 아니라 진짜 못 해."

발터가 고개를 절레절레 흔들며 포기를 선언했다.

그것은 그의 의지가 나약해서가 아니었다. 단순히 캐릭터가 지니고 있는 스펙이 터무니없이 부족했기 때문이다.

"걱정 마. 나도 그 정도 상식은 있으니까."

"얼씨구, 너한테 그런 게 있었어?"

발터가 코웃음을 치며 방패를 들어 올렸다.

"내가 저 보스 녀석들은 못 맡아주지만. 잡몹들 데리고 늘어질 수는 있어."

"오케이. 설은영 씨, 발터와 함께 변종 구울들을 상대해 주세요."

"……알겠어요."

설은영은 잠시 유하린과 보스 몬스터, 샤르단을 쳐다보더니 쿨하게 고개를 끄덕였다. 그녀도 발터와 마찬가지로, 자신이 보스를 상대할 수준이 아니라는 것을 깨달았기 때문이다.

"유하린 씨는 저와 함께 저 녀석을 공략합니다."

끄덕끄덕.

한 명의 스트라이커와 윙어가 동시에 바닥을 박찼다.

"도발!"

발터는 몬스터들의 어그로를 끌며 후방으로 빠졌다.

'샤르단. 부패한 시체들의 왕.'

녀석의 손끝에 달린 거무튀튀한 손톱을 보는 순간, 알림이 떠올랐다.

띠링!

[포이즌 마스터 스킬의 효과가 발동합니다.]

[분석 중…….]

[독에 대한 분석이 완료되었습니다.]

[시독屍毒]

등급 : 유니크

죽음을 거스르고 오랜 시간 인간을 먹어치운 구울들의 왕, 샤르단의 손톱이 내포한 독입니다.

피부를 스치기만 해도 중독이 되며, 중독된 상태에서는 체력이 매우 빠른 속도로 줄어듭니다.

희귀도 : ★★★★

독성 : ★★★★★

'독이라.'

확실히 위협적인 독이다. 만약 상대가 자신이 아니었다면.

'게다가 약점도 명확하고.'

카이는 검을 검집에 꽂아 넣고 성검을 소환했다.

그야말로 눈 깜짝할 사이에 이루어진 스위칭.

"감히 이곳이 어디라고…… 미천한 인간들이 발을 들인 장소가 아니……."

"파이널 어택."

상대방의 방어를 무시해 버리는 일격 필살의 스킬이 노린 것은 샤르단의 머리나 심장 따위가 아니었다.

콰드드득!

"으음……!"

조금 전까지만 해도 샤르단의 팔에 붙어 있던 손목 두 개가, 허공에 날아올랐다.

그 사실을 믿을 수 없다는 듯 눈을 부릅뜨는 샤르단.

카이는 그 표정을 감상하며 유하린에게 명령했다.

"공격하세요."

날쌘 벼락처럼 튀어나간 유하린의 검은, 그대로 샤르단의 심장을 뚫어버렸다.

"크어어억!"

비틀비틀.

샤르단의 2미터 거구는 마치 춤이라도 추듯 비틀거리며 뒤쪽으로 밀려 나갔다. 그리고 녀석의 가슴 부근에는 아담한 체구의 여인이 연인처럼 착 달라붙어 있었다.

하나 현재 두 사람은 애정 어린 춤 따위를 추고 있는 것이 아니었다. 오히려 그 반대.

우드득.

샤르단의 심장에 박힌 유하린의 검이 90도 정도 돌아갔다. 동시에 샤르단의 입에서 피가 튀어나왔다.

"크하악!"

그들은 서로의 목숨을 건 싸움을 벌이는 중이었다.

"인간 따위가!"

샤르단이 노성을 터뜨리며 팔을 휘둘렀다.

손목이 잘렸기 때문에 공격 자체가 위협적이지는 않았지만, 유하린을 떼어내는 데에는 충분했다.

"크으, 크으으……."

샤르단이 끙끙 앓는 소리를 냈다. 이어서 그의 손목에서는 부글부글 기포가 끓어오르더니, 멀쩡한 손이 튀어나왔다.

'손을 재생하니 체력이 깎였다.'

체력을 제물로 바쳐 두 개의 손을 다시 재생시킨 샤르단은 살기가 뚝뚝 떨어지는 번들거리는 눈빛으로 유하린과 카이를 노려보았다.

"이렇게 재미있는 먹잇감이 얼마 만인지 모르겠군."

"하린 씨, 저 녀석의 손톱을 조심하세요. 맹독이 묻어 있으니까."

"재미있어…… 정말 재미있어."

"곧 죽을게 분명한 이 상황이 재미있다니, 취향 참 독특하네."

"죽어? 지금 이 몸에게 하는 말이냐?"

샤르단이 낮게 웃었다.

저 인간은 대체 뭘 믿고 저런 말을 하는 것일까.

'그래, 손톱에 묻어 있는 독. 그것을 알아낸 눈썰미 하나는 인정해 주지.'

게다가 눈앞의 모험가들은 자신이 보아왔던 그 어떤 기사들보다도 빠르고, 강했다.

'하지만 딱 그 정도 수준이지.'

샤르단이 독특한 호흡을 뱉어내기 시작했다.

"흡흡, 하아…… 하아……."

동시에 녀석의 얼굴이 순식간에 고통으로 물들었다.

홱!

멀쩡하던 샤르단의 몸이 기괴하게 비틀리기 시작했다.

쩍 벌어진 녀석의 입에서는 신음과 침이 계속해서 뚝뚝 떨어져 내렸다.

고통스러운 듯 눈을 까뒤집고 팔과 다리, 몸을 베베 꼬는 샤르단.

"……뭐하는 거지?"

알 수 없는 불길함을 느낀 카이가 유하린에게 소리쳤다.

"하린 씨!"

끄덕끄덕!

그 말을 찰떡같이 알아들은 유하린이 다시 한번 가속했다.

카이의 움직임이 군더더기 없는 초고가의 스포츠카라면, 유하린은 초고가의 세단 같았다.

빠르기도 빠르기지만, 그녀의 움직임은 부드럽다.

엄청난 속도로 달려가고 있음에도 빠르다는 생각보다는 몸이 유연하다는 생각이 먼저 들 정도였으니까.

'하지만 저 유연함 속에는 강함이 감춰져 있지.'

카이의 버프를 받은 유하린은 평소보다도 훨씬 좋은 몸놀림을 보여주고 있었다.

"……하읍!"

유하린의 검이 아래에서 위로, 아주 예리한 각도를 품은 채 날아갔다.

불과 몇 초 전 샤르단의 심장을 꿰뚫었던 것과 똑같은 공격.

하지만 결과는 판이했다.

키잉!

가죽이 아닌 단단한 쇳덩어리라도 찌른 것 같은 소리.

공격에 실패한 유하린은 약간이나마 당황했다. 그녀의 검은 목적지를 망각한 범선처럼 허공이라는 바다에 표류했다.

"키키킥."

그러자 허리를 둥글게 말고 굽은 자세를 취하고 있던 샤르단이 킥킥 웃었다.

프스스, 푸우욱.

강철처럼 단단한 샤르단의 등이 그대로 갈라지며 피부보다 더욱 단단한 뼈 칼날이 튀어나왔다. 그뿐만이 아니었다.

푸욱, 푸욱.

샤르단의 팔과 다리, 심지어는 무릎에서도 날카로운 뼈가 튀어나왔다. 심지어는 이마까지 갈라졌고, 그곳에서 나온 건 단단하고 뾰족한 뿔이었다.

"……변신?"

유하린이 멍한 목소리로 중얼거렸다.

아오사나 자탄과 같은 대형 레이드 몬스터들만이 한다고 알려진 변신을 소형, 그것도 인간형 몬스터가 처음으로 선보였기 때문이다.

"……후우."

척추를 꼿꼿하게 세우고, 어깨를 당당하게 펼친 샤르단이 나른한 목소리로 숨을 뱉어냈다. 녀석의 키는 1미터 정도가 더 자라 3미터 정도가 되었다. 하나 부담스러울 정도로 근육이 팽배하던 이전의 모습과는 사뭇 달랐다.

오히려 이전보다 슬림해진 몸매.

"이 모습도 오랜만이군."

샤르단의 목소리는 더 이상 경박하지 않았다. 구울들의 왕에 걸맞는 강렬한 카리스마와 무게가 내포되어 있었다.

그는 모든 것을 통달한 것 같은 눈을 하고선 카이와 유하린을 쳐다보았다.

"그대들이 누구인지, 어디서 왔는지는 중요하지 않다. 감히 나에게 발톱을 드러낸 이상, 죽음만이 기다릴 뿐."

말을 마친 샤르단은 바닥을 박차며 앞으로 달려 나갔다.

그러고는 벼락처럼 쏟아지는 니킥.

무릎 끝에서 돋아난 날카로운 뼈는 유하린에게 송곳처럼 쇄도했다.

"하웃!"

유하린이 귀여운 비명과 함께 검을 휘둘렀다. 그녀의 동물적인 반사신경이 저도 모르게 휘두른 것이었다.

까아아아앙!

운 좋게도 검신에 막힌 니킥은 실패로 돌아갔다.

하지만 유하린의 표정은 좋지 못했다.

반면 샤르단은 웃었다.

"계집, 제법 빠르구나."

단 한 수를 나누는 것만으로도, 서로의 격차를 실감할 수 있었기 때문이다.

'내가 더 빠르고, 위력적이다.'

샤르단은 확신했다.

'내가 더 강하다.'

확신을 가진 그는 좀 더 과감하게 움직이기 시작했다. 두 개의 팔과 다리는 하나하나가 살인적인 무기가 되어 유하린에게 쏟아졌다. 그 속도가 어찌나 빠른지, 흐릿해지는 잔상이 눈에 보일 정도였다.

카앙, 캉, 카아아앙!

이에 대항하는 유하린도 훌륭했다. 샤르단이 뻗어내는 날카롭고 빠른 공격을 무려 15회나 쳐냈으니까. 게다가 간간히 터져 나오는 날카로운 반격은 과연 랭킹 2위라는 말이 나올 정도였다.

"흠. 이 정도인가."

15번의 공격과, 15번의 방어. 그것이 오가는 동안 유하린에 대한 파악을 끝낸 샤르단이 중얼거렸다.

"이것이 지닌 실력의 전부인가?"

"……."

유하린은 대답하지 못했다.

이에 샤르단은 고개를 끄덕였다.

"그렇군. 즐기지조차 못할 정도로 짧은 여흥이었다. 이제 그만 죽어라."

휘익!

샤르단의 손바닥이 돌연 휙 튀어나왔다.

유하린이 황급히 검을 휘둘렀으나, 샤르단은 이를 무시하며 그녀의 검신을 꽉 잡았다.

파스스스스스슥.

샤르단의 손을 통해 뿜어져 나온 맹독이 유하린의 검을 빠르게 부식시켰다. 유하린이 휴식 시간마다 열심히 손질한 검은 불과 2초 만에 녹아내렸다.

"무기를 잃은 인간은 나약하지."

샤르단이 웃었다.

"마치 벌레처럼 말이다."

샤르단이 유하린을 향해 손가락을 튕겼다. 마치 벌칙 게임에서 패배한 연인에게 꿀밤이라도 때리듯, 아주 천천히.

하나 그 결과는 절대 일반적이지 않았다.

콰아아아아아!

허공을 격하고 날아든 강렬한 충격파가 유하린을 덮쳤다.

"꺄악!"

허공으로 붕 뜨는 유하린의 신형.

묵묵히 쳐다보던 샤르단이 다시 한번 니킥을 준비했다. 떨어지는 그녀의 배를 그대로 꿰뚫어 죽일 생각이었다.

'저 계집은 아까 나의 심장을 한 번 뚫었었지. 넌 나의 무릎 장식으로 삼아주마.'

유하린이 들었다면 비명을 내질렀을 생각을 한 샤르단이 고개를 돌렸다.

'침입자는 총 다섯 명. 그중 나를 상대하는 두 명의 침입자가 가장 강하다.'

나머지 세 사람은 손가락 히니만 사용해도 이길 자신이 있었다. 결국 자신이 경계해야 할 것은, 자신의 손목을 잘라버린 남자와 눈앞의 여자였다.

'여자는 이번 공격으로 죽는다. 그렇다면 다음은 저기 있는

남자······.'

생각을 이어가던 샤르단이 눈을 깜빡였다.

"음?"

분명히 조금 전까지 시야에 넣고 있던 남자가 유령처럼 사라진 탓이었다.

'······내가 움직임을 놓쳤다고?'

그럴 리가.

자신은 구울들의 왕. 게다가 지금 자신은 모든 힘을 사용하고 있었다. 언데드, 구울이 되고 200년 동안 모아온 압도적으로 강력한 힘. 그런 힘을 지니고 모험가 따위의 움직임을 놓치다니?

"말도 안 되는······."

"뭐가."

귓가에서 누군가의 목소리가 들려오는 순간.

샤르단의 등줄기에 소름이 쫙 일어났다. 그가 무엇보다 경악한 것은, 상대의 기척을 감지조차 못했다는 것이었다.

"가, 감히!"

당황한 샤르단이 일갈을 내지르며 손을 뒤로 휘둘렀다.

사가아악-!

그의 손톱이 뿜어내는 강렬한 예기는 공터의 한쪽 벽 전체에 거대한 흔적을 남겼다.

보는 이로 하여금 오금이 저리게 만드는 광역 공격.

'하지만……'

손 끝에 적이 걸리는 감각이 없었다.

샤르단은 인상을 구기며 그대로 주먹을 꽉 쥐었다. 아니, 꽉 쥐려고 했다.

"음……?"

무언가 이상함을 느낀 샤르단이 저도 모르게 시선을 아래로 내렸다. 그리고 경악했다.

"무, 무슨!"

손 끝에 적이 걸리는 감각이 없던 이유는 당연했다.

왜냐하면, 자신의 손목 아래는 텅 비어 있었으니까.

'어, 어느새?'

손목이 잘리는 순간조차 반응을 못 했다니?

경악하는 샤르단의 귓가를 향해 다시 한번 목소리가 들려왔다.

"이렇게 하는 건가?"

서둘러 고개를 돌린 샤르단의 시야를 가득 채운 것은 손가락이었다. 자신을 향해 빠른 속도로 날아드는 하나의 손가락.

그것은 정확히 샤르단의 이마에 돋아난 뿔을 강타했다.

파가가가각!

뿔을 그대로 부숴 버리며 날아든 꿀밤이 샤르단의 이마를 강타했다.

[던전 1층의 보스, '샤르단'을 처치했습니다.]

[2층으로 향하는 문이 열렸습니다.]

[문의 위치가 지도에 표시됩니다.]

[레벨이 올랐습니다.]

[스탯 포인트를 5개 획득합니다.]

"후아!"

개운한 표정을 지은 카이가 몸을 가볍게 쭉쭉 늘리며 스트레칭했다. 아주 한바탕 제대로 날뛰었기 때문인지 기분은 굉장히 상쾌했다.

'하린 씨와 둘이서만 호흡을 맞추는 건 처음인데, 괜찮네.'

카이의 꿀밤을 맞고 반쯤 실성한 샤르단을 상대하는 건 쉬웠다. 정신을 차린 유하린도 여분의 검을 꺼내 전투에 참여했고, 두 사람의 현란한 태그 플레이에 샤르단은 결국 무릎을 꿇었다.

"1층 공략이 끝났으니 잠시 휴식하죠."

일행은 샤르단에게서 나온 아이템을 분배하는 시간을 가졌다. 샤르단은 390레벨의 보스 몬스터치고는 뱉어낸 것이 거의 없었다.

기껏해야 피부와 손톱, 끈질김이라는 유니크 등급의 스킬 북이 전부. 끈질김은 재생력을 대폭 높여주는 패시브 스킬이 기록된 책이었다.

"흠."

스킬 북을 집어 든 카이는 잠시 고민을 하더니, 스킬 북을 부럽다는 표정으로 바라보는 발터에게 던졌다.

"너 써라."

"……응?"

저도 모르게 스킬 북을 받아든 발터가 얼떨떨한 표정을 지었다.

카이가 다시 한번 말했다.

"네가 써."

"아니…… 왜? 어째서?"

"왜냐니. 이 파티의 탱커는 너잖아? 끈질김은 수호 기사만 습득할 수 있는 스킬이야."

"그건 그렇지만……."

무려 유니크 등급의 스킬 북이다. 게다가 스킬의 능력 또한 좋은 편이니, 최소 3천만 원은 호가할 것이다. 그런 물건을 단순히 스킬을 배울 수 있는 탱커라는 이유만으로 주다니?

'길드원들이랑 던전을 공략할 때조차 이런 걸 받아본 기억은 없어.'

애초에 길드라는 건 서로의 이익을 위해 힘을 합치는 이익 집단이다. 물론 휘몰이 길드원들은 서로 친하고, 스스럼없기는 하다. 하나 결코 수천만 원짜리 스킬 북을 턱하니 줄 정도의 사이까지는 아니었다.

"빨리 배워. 탱커 무너지면 던전 공략 힘드니까."

"그래도……"

"나도 찬성이에요. 이번 전투, 탱커가 없었다면 힘들었을 테니까."

끄덕끄덕.

설은영과 유하린의 동의까지 받아낸 발터는 떨리는 표정으로 스킬 북을 펼쳤다. 스킬을 성공적으로 습득한 그는, 천천히 눈을 뜨며 일행들을 돌아봤다.

"이 은혜는…… 진짜 팔이 부러져라 방패를 들어서라도 꼭 갚겠습니다."

"은혜는 무슨. 치킨이나 한 번 사."

"너는 돈도 많은 놈이……"

발터는 괜히 투덜거리면서도 속으로 다짐했다.

'그 치킨, 내가 열 마리고 백 마리고 사 주마.'

자신을 챙겨주는 친구의 모습에 괜히 코끝이 찡해진 발터가 주제를 돌렸다.

"나머지 재료들은 어떻게 하지? 아, 물론 나는 스킬 북 하나로 충분해요."

"기여도에 맞게 분배해야지."

카이의 말처럼 나머지 재료들은 기여도에 맞게 알아서 잘 분배했다.

"하린 씨, 검은 괜찮아요?"

끄덕끄덕.

유하린이 여분의 검을 흔들어 보이며 고개를 끄덕였다.

"그럼 질질 끌 것 없이 다음 층으로 가죠."

다행히 원기 회복의 샘 옆에서 휴식을 취한 덕분에 일행의 상태는 최고조였다.

2층으로 향하는 문. 지도를 보고 문의 위치를 찾은 카이는 망설임 없이 계단을 올라갔다. 제법 긴 계단을 오르자 희미한 빛이 조금씩 커져갔다. 그리고 마침내 모든 계단을 올라 밖으로 나왔을 때, 카이는 인상을 찌푸리며 입을 다물었다.

"브로, 갑자기 왜 그래? 계단에서는 뒷사람이 지나갈 수 있게 길을 터줘야지."

영문을 모르는 마이클은 카이의 얼굴을 한 번 보더니, 그와 마찬가지로 전방을 바라봤다.

"어……?"

마이클이 애매한 표정을 지으며 제 볼을 긁었다.

"음…… 있잖아, 브로. 내가 지금까지 편집한 동영상이 거의

천 개가 넘어가거든? 그런데 이런 종류의 던전은 처음 보는 것 같거든?"

"그럴 수밖에요."

차분한 목소리의 설은영이 앞으로 한 걸음 나서며 전방을 쳐다봤다.

그 끝이 보이지 않을 것 같은 높디높은 천장. 그리고 일행을 환하게 비춰주는, 둥글고 푸른 달. 결정적으로, 그들의 눈앞에는 거대한 성채가 자리 잡고 있었다.

"아마 이런 종류의 던전을 발견한 건 우리가 세계 최초일 테니까요."

그녀의 말이 맞다는 듯, 일행에게 알림창이 떠올랐다.

[새로운 타입의 던전을 발견했습니다.]
[발견된 던전의 타입은 '도시'입니다.]
[모든 도시 주민들을 처치하여 던전을 공략하십시오.]

"……내가 뭐랬어. 이 던전 개떡 같다고 했었잖아."

발터가 우울한 목소리로 중얼거렸다.

일행들은 우선 주변을 둘러보며 조사를 시작했다. 알아낸 것은 생각보다 적었다. 기껏해야 그들이 서 있는 초원 언덕 아래에 흑색 성채가 보인다는 것. 그리고 푸른 달과 별들이 하늘에 박혀 있다는 것뿐이었으니까.

던전을 조사하는 목적은 바로 출현할 몬스터와 던전의 크기를 가늠하기 위함이다. 하나 일행 중 쓸 만한 단서를 찾아낸 이는 없었다.

"하늘은 무진장 높네. 저거 진짜 하늘 아냐? 롯데월드 천장보다 더 생생한데?"

발터가 얼굴을 찌푸리며 물었지만, 누구도 입을 열지 않았다. 아니, 열 수 없었다.

그들이 생각하기에도 저 하늘은 진짜 같았으니까.

마치 던전이 아닌 새로운 필드 사냥터에 방문한 것 같은 기분마저 느껴졌다.

"상황이 개떡 같다는 걸 빼면, 풍경은 진짜 마음에 드는데 말이야."

이번에는 모두가 동시에 고개를 끄덕였다.

확실히 던전이라는 것을 제쳐놓고 보면, 풍경만큼은 정말 아름다웠으니까.

달빛이 비춰주는 푸른 초원에는 반딧불이들이 평화롭게 날아다녔고, 귀뚜라미가 울었다. 기회만 된다면 도시락을 싸서 피크닉이라도 오고 싶은 기분이 들었다.

그때였다.

"어? 저기 사람이다!"

가만히 있던 마이클이 호들갑스러운 목소리로 소리쳤다. 일행 모두가 그가 가리키는 방향으로 고개를 돌렸으나, 이내 인상을 찌푸렸다.

"이봐, 마이클. 궁수인 네 시야에는 보일지 몰라도, 우리에게는 무리라고."

발터의 투정에 마이클이 머쓱한 표정으로 볼을 긁적였다.

그를 제외하고는 오직 카이만이 사람의 형체를 목격했다.

"사람…… 정말 사람이네."

"어라, 브로는 저게 보여?"

"웅. 잘 보여."

고개를 끄덕인 카이는 눈을 가늘게 뜨며 성벽 위를 돌아다니는 병사들을 쳐다봤다.

그러기를 잠시, 그의 눈동자가 크게 뜨여졌다.

'붉은색.'

미드 온라인에서는 NPC와 플레이어를 구분하는게 매우 힘들다. 악수를 통해 서로의 정보를 파악하는 것만이 유일한 방법.

하나, 단 하나의 예외가 있다. 바로 상대방이 적대적인 NPC, 즉 몬스터인 경우이다.

[에반 Lv. 383]

[크리스 Lv. 379]

[스티브 Lv. 385]

평범한 사람의 이름을 가지고 있지만 이름이 붉은 자들.

게다가 레벨 또한 높았다.

파티 중에서 저들을 상대할 수 있는 것은 자신과 유하린, 정말 잘 쳐주면 설은영 정도.

골치 아픈 표정을 지은 카이가 이마를 짚었다.

'미치겠네.'

물론 지르칸이 드랍을 한 던전 지도였으니, 어느정도 난이도가 있을 거라 생각했다. 때문에 1층 던전에서 300레벨 대의 구울들이 출현했을 때는 살짝이지만 실망까지 했다.

'하지만 이건 너무 극단적이잖아.'

보통 플로어 형식의 던전은 층 하나를 올라갈 때마다 몬스터 레벨이 3~5 정도 올라간다.

'설마 이렇게까지 차이 날 줄이야.'

고민을 하고 있는 카이에게 마이클이 다가왔다.

"브로, 어때? 병사들이 서로 농담을 따먹으면서 웃는 걸 보니, 잘하면 대화도 통할 것 같은데?"

"아니. 너무 위험해. 저들의 이름은 모두 붉은색, 몬스터야. 게다가 레벨까지 높지. 다짜고짜 공격하면 어쩌려고?"

"웅? 그래도 다른 NPC들이랑 별로 다를 게 없어 보이는데……."

연신 성채 위를 힐긋 쳐다보던 마이클이 입을 열었다.

"브로, 그럼 내가 정찰 한 번 해볼까?"

"네 레벨로는 무리야. 위험부담도 너무 크고."

"노노, 내가 직접 하겠다는 뜻은 아니고."

장난스럽게 웃어 보인 마이클은 마치 마술사가 모자 속에서 비둘기를 꺼내듯, 과장된 몸짓으로 자신의 품속에서 독수리를 꺼내 들었다.

이에 일행들이 짤막한 탄성을 터뜨렸다.

"아, 정찰용 매……."

"드론이잖아?"

정찰용 매, 플레이어들 사이에서 통칭 '드론'이라 불리는 궁수들이 비교적 저 레벨부터 배울 수 있는 기술이었다. 효과는 정찰용 매를 소환하는 것이다.

심지어 궁수는 100레벨이 되면, 매의 정신에 직접 접속하는 것도 가능했다.

"이걸 사용하면 위험도 없을걸?"

"확실히."

"그럼 바로 시작할게."

매의 머리를 쓰다듬은 마이클은 녀석을 곧장 하늘로 날려 보냈다. 그리고 정신을 집중하며 입술을 달싹였다.

"링크."

순식간에 마이클의 시야가 바뀌었다. 그는 정찰용 매가 바라보는 시야를 완벽하게 공유하는 중이었다. 수천 미터의 상공에서 한눈에 내려다보는 야경은 유난히 더 아름다웠다.

'요, 진짜 드론으로 정찰하는 기분이군.'

마이클은 영상 편집을 하다가 가슴이 답답해질 때면 근처 공원으로 나가 드론을 조종하는 것이 취미였다.

때문에 이런 종류의 정찰은 생각보다 익숙했다.

"오, 사람!"

정찰용 매가 돌연 사람의 언어로 소리쳤다.

이내 자신의 실수를 깨달은 마이클은 입을 꾹 다물었다.

그는 조용히 성채의 상공을 선회하며 내성을 관찰했다.

'이거 진짜 NPC들의 도시와 별반 차이가 없잖아?'

흑색 성채 내부의 거리는 밤임에도 불구하고 분주했다. 사람들은 거리를 가득 메우고 있었고, 부모가 양쪽에서 딸아이의 손을 잡는 훈훈한 풍경까지 내려다보였다.

물건을 판매하기 위해 호객행위를 하는 상인들과, 감미로운 목소리로 노래하는 악사들까지. 누가 봐도 던전이라기보다는 하나의 '도시'일 뿐.

'아무래도 이번만큼은 브로의 예상이 틀린 것 같은데? 저들은 몬스터라고 하기에는……'

너무나도 인간다웠고, 그들의 일상은 평화로웠다.

'브로를 다시 한번 설득해 봐야겠어. 내 생각에는 저들과 대화가 통할 것 같아.'

정찰을 마친 마이클은 일행에게 돌아가기 위해 방향을 틀었다.

그 순간, 손바닥만 한 박쥐 한 마리가 그에게 달려들었다.

마이클이 코웃음을 쳤다.

'흥, 이 몸을 뭐로 보고.'

이 파티에서는 깍두기 취급을 받지만, 박쥐의 레벨은 고작 50밖에 안 되었다.

'내 레벨은 이제 246!'

샤르단을 잡고 또다시 레벨 업을 한 마이클은 자신감이 넘쳤다.

마이클은 그대로 돌진하며 부리로 박쥐를 쪼았다.

공격 한 번에 그대로 추락하는 박쥐.

뚝.

'음?'

마이클이 갑자기 오한을 느꼈다.

마치 공기가 급변하는 기분. 위화감을 느낀 그는 저도 모르게 아래쪽을 바라보았다.

동시에 그의 등줄기로 소름이 쫙 일어났다.

'뭐, 뭐야.'

내성의 모든 주민들이 우뚝 선 채, 무표정한 얼굴로 마이클을 올려다보고 있었다. 혹시나 싶어 이리저리 움직여 봤지만,

그들의 시선은 마이클을 따라다니는 것이 맞았다.

물건을 파는 상인과 거리의 악사들, 심지어 부모의 손을 잡으며 해맑게 웃던 소녀까지. 마치 인형처럼 무표정한 얼굴을 하고 있는 그 모습은 기괴하다 못해 섬뜩하기까지 했다.

'도, 돌아가자.'

위기감을 느낀 마이클이 빠르게 날갯짓을 하는 순간, 수십 마리의 박쥐 떼가 그에게 달려들었다.

"찌이익!"

"'찌리리익!"

박쥐 떼들의 공격을 받은 정찰용 매의 체력이 빠르게 줄어들기 시작했다.

[흡혈 박쥐에게 흡혈당했습니다.]

[흡혈 박쥐에게 흡혈당했습니다.]

"크윽!"

박쥐들에게 날개를 뜯긴 매는 그대로 추락했다.

'링크를 끊어야 해.'

정찰용 매와 링크 조합의 유일한 단점. 바로 링크를 하는 도중에 매가 사망하면, 본체까지 큰 타격을 입는다는 것이었다.

"링크 해제!"

후우욱!

소리를 치는 것과 동시에 박쥐 떼에 뒤덮인 정찰용 매가 순식간에 조각났고, 마이클의 시야에는 동료들의 얼굴이 보였다.

"크으윽……."

전신에서 식은땀을 줄줄 흘리며 제 머리를 감싸는 마이클.

일행들이 깜짝 놀라 그를 걱정했다

"어, 어이. 괜찮은 거야?"

"무슨 일이 일어난 거지?"

"우선 진정해. 큐어, 햇살의 따스함."

모든 상황을 지켜본 카이는 위로의 말을 건네기보다, 스킬을 사용해 마이클의 불안정한 정신부터 보살폈다.

"후우…… 고마워 브로."

잠시 후 정신을 차린 마이클이 분한 듯 입술을 깨물었다.

"브로의 말이 맞았어. 이곳은 던전, 이런 곳에서 대화를 시도하려고 하다니. 난 멍청이야."

"대체 무슨 일이 있었던 거야?"

발터가 묻자, 마이클이 차분히 자신에게 있었던 일을 설명했다.

"그리고 추락하는 순간, 도시 주민에게서 본 것이 있어."

"그게 뭔데?"

"송곳니."

사람에게 송곳니가 있는 것은 당연하다. 오히려 없는 것이 이상할 정도.

하지만 송곳니라는 단어에 일행의 표정이 딱딱하게 굳었다.

'박쥐와 흡혈.'

'보름달, 그리고 송곳니라.'

주어진 단서들을 빠르게 조합한 그들은 몬스터들의 정체를 유추해 냈다.

"으으…… 흡혈귀야?"

"뱀파이어네."

밤의 귀족이라 불리는 뱀파이어는 미드 온라인에서도 매우 희귀한 몬스터였다.

"끄응, 뱀파이어는 상대해 본 적이 없어. 소문만 몇 번 들어 봤는데."

"난 있어."

설은영이 입을 열자 모두의 시선이 그녀에게 향했다. 주목을 받은 그녀는 조금도 부끄러워하거나 당황하지 않고, 말을 이어갔다.

"카셴 영지의 자작이 천화 길드에 의뢰한 적이 있어. 밤마다 도시에 출몰하는 뱀파이어를 퇴치해 달라는 내용이었지."

"흐음. 그래서, 어땠는데?"

"잡았어."

하나 설은영의 표정은 좋지 못했다. 아니, 좋다기보다는 오히려 불쾌한 표정을 지었다.

"천화의 1군 멤버들이 절반을 희생시키고 겨우."

"……그 녀석 레벨이 몇이었는데?"

"327."

"뭐야, 레벨도 별로 안 높잖아? 그런데 왜 그렇게 고전을……."

"흡혈과 보름달, 그 두 가지는 아주 치명적인 변수야."

"조금 더 자세한 설명을 듣고 싶군요."

카이의 부탁에 설은영은 흔쾌히 고개를 끄덕였다.

"말했던 대로 뱀파이어의 레벨은 그리 높지 않았어요. 실제로 우리는 녀석을 발견하는 순간 포위망을 형성했고, 그 과정에서 체력도 빠르게 녹일 수 있었죠. 하지만……."

"하지만?"

"집 밖이 시끄럽자 문을 열고 나온 주민 하나가 녀석에게 붙잡혔어요. 그때부터 악몽이 시작되었죠."

설은영은 그때의 기억이 났는지, 고운 미간을 찌푸렸다.

"흡혈 스킬, 그건 말 그대로 사기예요. 적의 피를 머금으면 자신의 체력을 회복시킬 수 있죠."

"그런 거라면 광전사의 스킬 중에도 있잖아요? 적을 공격하는 만큼 체력을 회복하는……."

"차원이 달라."

발터의 질문에 설은영은 딱 잘라 말했다.

"차라리 길드원 중 한 명이 잡혔다면, 난 과감하게 녀석을 죽이고 뱀파이어까지 없앴을 거야. 하나 잡힌 건 NPC였지."

"상황이 애매했네."

"파악한 바로 뱀파이어의 흡혈은 대략 60%의 회복률을 가지고 있어."

"미친……."

발터가 저도 모르게 욕지거리를 내뱉었다. 상대방의 HP를 1,000만큼 흡혈하면, 체력이 600이나 회복된다는 뜻이었으니까.

"보름달은 또 뭡니까?"

"몬스터들은 밤에 30%가 강해져요. 하나, 뱀파이어들은 보름달이 뜨는 날, 모든 능력치가 10%만큼 추가적으로 상승하죠."

"에이 씨, 개떡 같네, 진짜."

"끄응."

한 마디로 뱀파이어들의 평균 레벨이 550 정도라는 뜻.

'이 정도면 하린 씨도 힘들어.'

자신이 버프를 돌려 격차를 줄인다고 해도 위험한 수준이다.

잠시 고민을 하던 카이가 고개를 끄덕였다.

"정면 승부에서는 죽었다 깨어나도 방법이 없겠네요."

"게릴라 전을 생각하는 거야?"

"그래야지."

"차라리 그냥 빠졌다가 나중에 공략대를 모아서 다시 도전…… 아."

말을 하던 발터가 한숨을 내쉬었다.

"맞다. 이 빌어먹을 던전, 섬멸형이었지?"

"또 개떡 같다고 하려고 그러지?"

"아니, 그건 너무 자주 써서 이제 식상해. 이 던전 너무 무지 개떡 같아."

마이클의 표정이 썩어들어 갔다.

설은영의 표정도 좋지만은 않았다.

"브로, 저것이 한국식 유머입니까?"

"마이클. 지금 당장 우리나라에 사과해."

"미안합니다, 코리아……."

발터의 개그를 가볍게 무시한 카이는 천천히 입을 열었다.

"사실 방법이 하나 있긴 해."

"역시 기적의 사나이. 뭘 어떻게 해야 되는데?"

"하지만 그걸 실행하기 위해선 조건이 필요해. 우선 내 레벨을 좀 올려야겠어."

"어느 정도?"

"한 20레벨 정도 올렸으면 좋겠는데."

"뱀파이어들의 레벨이 높으니 불가능하지는 않을 거예요. 그런데 뭘 어쩌려고요?"

"……제가 동원할 수 있는 힘을 모조리 사용해야죠."

여기서 죽을 수는 없으니까.

언덕 아래의 성채를 바라보는 카이의 눈빛이 날카롭게 번뜩였다.

일행은 곧장 초원에 숨어 성채를 바라봤다.

"……오, 그 말이 맞네요."

발터가 중얼거렸다.

설은영이 말했던 대로, 성문을 열고 나온 뱀파이어 병사 몇 명이 주변을 수색하기 시작한 것이다.

"내가 봤던 뱀파이어는 의심이 많고 교활했어. 동시에 자존심은 하늘을 찔렀지."

"달랑 세 마리가 나온 이유가 그것 때문일까요?"

"일반적인 몬스터랑 비교하지 마. 뱀파이어 한 마리가 너와 나를 찢어버릴 수도 있으니까."

"으으……."

질린 기색의 발터가 카이를 쳐다봤다.

"그래서, 이제 뭘 어떡할 건데?"

"저 녀석들을 짤라 먹어야지. 야금야금."

"하지만 그것도 몇 번이지, 계속 통하지는 않을걸?"

"몇 번이면 충분해."

"후우, 대체 무슨 자신감인지는 모르겠지만…… 너니까 믿는다."

카이의 자신감에 고개를 내저은 발터가 말했다.

"유인은 어떻게 할 생각이야?"

"냉정하게 현재 상황을 파악해 보면 항상 답은 나와. 지금만 해도, 사실 저 녀석들이 찾는 건 우리가 아니야. 정찰용 매를 보낸 자 하나뿐이지."

"아아! 확실히. 놈들은 우리가 여러 명이라는 걸 모르지?"

발터가 반색했다.

반면 마이클은 굽다 만 피자처럼 애매한 표정을 지었다.

"어…… 음…… 브로? 그 말은 나를 미끼로 사용하겠다는 거 아니야? 나 일단은 촬영 담당인데 말이지……."

마이클이 슬며시 몸을 뺐다.

물론 이를 허락해 줄 카이가 아니었다.

"마이클. 아무리 생각해도 이 프로그램, 예능으로 마무리 짓기에는 너무 아쉽지 않아?"

"그건…… 으으……."

어깨를 축 늘어트린 마이클은 반박하지 못했다. 확실히 타락의 성지는 단순히 예능 프로그램을 찍는 장소로 치부될 수준은 아니었으니까. 게다가 마이클 스스로가 지닌 편집자, 감독으로써의 욕심도 크게 한몫했다.

결국 마이클은 두 팔을 들어 올리며 항복했다.

"후우, 좋아. 그럼 내가 뭘 어떻게 해야 하는데?"

"간단해. 밤의 귀족이라는 놈들에게 산책 좀 시켜주자고."

카이가 낮게 웃었다.

"흠…… 흔적은 없는데."

"하지만 누군가가 침입한 것은 분명해."

"그렇겠지. 도시의 상공에 감히 독수리 같은 것이 날아다닐 리는 없으니까."

"대체 어떤 간 큰 놈인지."

세 명의 뱀파이어 병사는 인상을 찌푸리며 수색을 계속해 나갔다.

"데스몬드 님의 화를 피하기 위해선 무조건 찾아야 해."

"안 그래도 요즘 예민하신데…… 난 이런 일로 죽기 싫다."

"죽긴 왜 죽어? 잡으면 되지."

"흐음. 1층 녀석들을 교육한 지 너무 오래되었나? 감히 침입자를 올려보내다니. 빠져가지고."

그들은 자신들이 당할 것이라는 생각은 눈곱만큼도 하지 않았다. 아무리 보초나 서는 하급 뱀파이어라고는 하나, 고귀한 뱀파이어라는 것은 의심할 여지가 없었으니까.

그때였다.

쉬이이익악!

화살 하나가 바람을 가르며 가장 앞에 서 있던 뱀파이어의 미간을 향해 쏘아졌다. 그를 단번에 죽이려고 생각한 듯, 정확하고 빠른 화살이었다.

우두둑!

물론 화살은 뱀파이어의 미간에 박히기도 전에, 그의 손아귀에 잡혀 두 동강이 났다.

뱀파이어들이 하얀 치아를 드러내며 웃었다.

"이놈 봐라?"

"가만히 숨어 있어도 모자랄 판에 선공을?"

"크큭. 설마 이 보잘것없는 화살로 날 죽일 수 있을 거라 생각한 건가?"

오히려 먹잇감의 위치를 파악한 뱀파이어들은 빠르게 달리기 시작했다.

휘익, 휘익!

바닥을 박찰 때마다 뒤쪽으로 빨려들어 가는 시야.

"찾았다."

음흉하게 웃은 세 명의 뱀파이어들은 금세 궁수 한 명을 포위했다.

"이거, 침입자가 상상 이상으로 나약하군?"

"인간이 다 그렇지 뭘. 오히려 잘 되었어."

"이 녀석 하나 때문에 이게 무슨 고생이야."

평화롭게 수다나 떨던 뱀파이어 병사들을 땀 흘리게 만든 죄인.

마이클은 침을 꿀꺽 삼키며 불안한 표정을 지었다. 그리고 마치 무언가를 기다리는 것처럼, 연신 다른 쪽을 힐긋힐긋 쳐다봤다. 그는 좋은 감독이자 편집자였지만, 결코 좋은 배우가 되지는 못했다.

뱀파이어들이 무언가 이상하다는 것을 깨달은 것도 그때였다.

'이토록 쉽게 겁에 질리는 녀석이 나에게 화살을 쐈다고? 그 것도 세 명이 서 있는 상황에서?'

'⋯⋯잠깐. 1층의 녀석들이 쓸모없기는 하지만, 이런 벌레가 올라가도록 두고 보지는 않을 텐데?'

'복병! 복병이 있다!'

뱀파이어들의 송곳니가 길쭉하게 자라났고, 두 눈은 어둠 속에서 음울하게 빛나기 시작했다.

하지만 아쉽게도 너무 늦은 깨달음이었다.

드드드드드

"응?"

그들이 서 있는 초원의 잔디가 지진이라도 난 것처럼 흔들렸다.

'지진? 아니야. 이곳에 지진 따위가 날 리 없⋯⋯.'

당황하는 뱀파이어가 황급히 뒤로 물러서려는 순간.

우르르르!

그들이 서 있던 땅이 무너졌다.

그뿐만이 아니었다.

덥석!

땅에서 튀어나온 손이 뱀파이어 하나의 발목을 붙잡았다.

"뭐, 뭣!"

"어서 오고."

몸 전체에 흙먼지를 뒤집어쓴 카이는 그대로 녀석을 땅속으로 끌어당겼다.

"놔, 놔라!"

발목이 잡힌 뱀파이어가 당황하며 카이의 손을 뿌리치려 했다.

하지만 카이의 2천이 넘어가는 카이의 힘 스탯이 이를 불허했다.

'이, 인간 주제에 무슨 힘……!'

라이벌인 늑대인간이 저절로 연상될 수준의 힘이라니!

뱀파이어의 저항은 무의미했고, 그는 볼썽사납게 땅속에 처박혔다.

"크으으…… 감히!"

온몸이 흙더미에 파묻혀 더러워진 뱀파이어가 분노한 표정으로 카이를 노려봤다.

'아니, 오히려 나쁘지 않을지도.'

녀석은 동료들과 눈빛을 교환하더니, 입을 쩍 벌리며 카이에게 달려들었다. 함정은 급조한 것이었는지 세 명의 뱀파이어와 인간 하나가 위치하기에는 좁았다.

그것이 이유였다.

'오히려 잘 되었군.'

공간이 협소하다는 건, 상대와의 거리가 지척이라는 뜻이기도 했으니까.

뱀파이어는 코앞에 있는 인간에게 이빨을 박아 넣으려 했다. 허나, 인간을 향해 다가가는 시간은 영겁처럼 길게 느껴졌다.

'뭐, 뭐냐. 내가 느려졌…… 다고?'

그건 비단 녀석에게만 펼쳐진 마법이 아니었다.

"크으으…….'

"이게 무슨 힘……!"

두 명의 동료들도 갑자기 달라진 중력에 고통스러워했다.

무려 6배의 중력으로 펼쳐진 중력장!

스킬 한 번을 사용하는데 수중의 모든 마나가 소모됐지만, 카이는 큰 걱정을 하지 않았다.

"마나 릴리즈."

자신 혹은 대상을 지정해 마나를 회복하는 사제의 기본 스킬이 사용되었다.

[1초당 100의 마나가 회복됩니다.]

빠르게 차오르기 시작하는 마나.

이 스킬의 유일한 단점은 높은 신성력 소모였지만 카이의 방대한 신성력에 영향을 줄 정도는 아니었다.

"크으으……!"

카이가 힘겹게 검을 들어 올렸다.

중력장을 대상이 아닌 일대에 적용시키면, 적아를 가리지 않고 적용되었으니까.

그건 시전자인 카이라고 해도 벗어날 수 없는 페널티였다.

콰드드득!

하지만 카이는 느릿느릿 검을 녀석의 벌려진 입으로 박아넣었다. 그 과정에서 카이의 이두와 삼두근이 터질 것처럼 부풀어 올랐다.

"……!"

쉬익, 쉬익.

뱀파이어는 비명을 내질렀지만, 타이어의 바람이라도 빠지는 듯한 소리만이 새어 나왔다. 카이는 자연스럽게 손바닥을 뻗어 녀석의 얼굴을 꽉 쥐었다.

'뭐, 뭘 하려는…….'

뱀파이어의 눈동자가 공포에 물든 채 데굴데굴 굴러갔다.

허나 그가 볼 수 있는 것은 오직 자신의 시야를 차단한 손바닥뿐.

그 상황에서 카이의 입술이 달싹였다.

"홀리 익스플로젼."

위이이잉!

카이의 손바닥에서 생성된 네 개의 신성 마법진이 시끄러운 소리를 내며 돌아갔다.

이어서 성난 것처럼 토해내는 네 개의 신성 광선!

일반적인 상황이었다면 그 강렬한 빛에 초원이 대낮처럼 밝아졌을 것이다.

'하지만 그래선 곤란해. 아주 곤란하지.'

흑색 성채의 뱀파이어들이 그 빛을 목격하고 지원을 오는 건 카이가 원하는 그림이 아니었다. 그 때문에 일부러 함정을 설치했고, 상대를 땅 속으로 끌어들였다.

그럼에도 불구하고 한 차례 빛이 번쩍였지만, 저 멀리의 성채에서 알아볼 정도는 아니었다.

파스스스스스.

근거리에서 홀리 익스플로젼에 직격 당한 뱀파이어의 피부가 녹아내리기 시작했다.

신성력만 해도 녀석들에게는 상극이다.

심지어 카이가 믿는 신은 태양신 헬릭.

어둠의 일족인 뱀파이어가 질색한다는 태양의 힘이 담긴 신성력은 놈들에게 독이나 다름없었다.

"이 불쾌한 냄새는 신성력…… 하지만 피부가 녹을 정도라면……?"

"태, 태양빛!"

두 명의 뱀파이어들은 자신의 동료가 당하는 순간 도망칠 생각을 품었다.

물론 그것은 희망사항일 뿐이었다.

"어딜 가려고?"

이미 다른 일행들은 중력장의 범위 밖에서 그들을 내려다보는 중이었다.

힘겹게 고개를 들어 그 모습을 확인한 뱀파이어가 허망한 표정을 지으며 중얼거렸다.

"……망했군."

米

뱀파이어 세 마리의 평균 레벨은 385.

하지만 시간은 밤이었고, 뱀파이어들은 보름달 아래에서 10%의 추가 보너스를 받았다.

결국 계산하자면 각각의 레벨이 550 정도가 된다는 뜻.

당연한 말이지만, 놈들을 처치했을 때 돌아오는 경험치 역시 덩달아 높아진다.

그 때문일까.

'괜찮네.'

카이는 첫 사냥을 통해 두 개의 레벨을 올릴 수 있었다.

이로써 그의 레벨은 421. 아직 사용하지 않은 스탯도 25개나 되었다.

'하지만 이 정도로는 안 돼. 터무니없이 부족해.'

지금부터 해야 할 일은 뱀파이어들의 도시를 상대해야 하는 일이었다. 레벨 몇 개를 올린다고 해결될 단순한 일이 더더욱 아니었다.

하지만 카이는 믿는 구석이 있었다.

'애초에 이 던전에 들어온 이유가 새로운 스킬을 시험해 보기 위해서였으니까.'

카이가 재촉했다.

"자자, 빠르게 파밍하고, 흔적 지우고 자리 떠납시다."

"이걸 몇 번은 더 반복해야 될까?"

"글쎄. 적들도 비보는 아니니, 보내는 병력의 수는 섬섬 더 많아지겠지."

"으으. 솔직히 중력장이 없으면 손도 못 댈 거 같은데."

"걱정 마. 한 시간에 한 번씩은 사용할 수 있으니까."

딱히 시간제한이 있는 던전도 아니었다.

마음을 느긋하게 먹은 카이는 지도를 펼쳤다.

'매복하기 좋은 장소가……'

옆에서 함께 지도를 살펴보던 설은영이 몇몇 장소에 체크 표식을 남기고는 이를 공유했다.

"확인해 봐요. 매복하기 좋은 장소들을 간략하게 추려봤으니까."

"……이게 간략한 거라고요?"

"장난 없는데?"

일행이 혀를 내두르며 감탄했다. 그녀가 공유한 지도는 마치 전교 1등의 노트처럼 글자들이 빼곡히 들어서 있었다.

매복하기 좋은 장소들이 표시되어 있었고, 그곳에서는 어떤 전술을 사용해야 하는지. 심지어 타이밍은 어떻게 잡고 적을 어떻게 유인해야 하는지에 대한 주석까지 꼼꼼히 달려 있었다.

'과연 전장의 여왕. 빈틈이 없네.'

개인 기량은 카이나 유하린에 비해 모자랄지 몰라도 전략, 전술을 세우는 데 있어 그녀를 따라갈 이는 그리 많지 않았다.

"너무 깔끔하게 정리되어서 뭘 더 추가할 필요도 없겠네요. 이대로 진행합시다."

카이의 칭찬에 설은영의 입가로 고혹적인 미소가 떠올랐다가 빠르게 사라졌다.

"응? 잠깐만."

마이클이 손을 들었다.

"시스터가 공유한 지도, 조금 이상하지 않아?"

"어디 가?"

모든 일행들이 지도를 펴고 이상한 부분을 찾기 시작했다.

하지만 설은영이 기재한 주석 어디에도 이상한 부분은 없었다.

이에 마이클이 당황했다.

"아, 아니 브로. 그리고 시스터들. 적들을 유인하는 부분이 굉장히 이상하지 않아?"

카이는 시선을 내려 설은영의 주석을 읽어내렸다.

'원거리에서 적을 견제하여 유인.'

이미 궁수인 마이클을 통해 한 번 사용했던 방법이고, 현 상황에서 가장 효과적이기도 했다.

"대체 어디가 이상한 건데?"

"그야…… 탱커인 발터 브로에게 원거리 견제 능력은 전무하잖아?"

"응."

"그런데 어떻게 원거리에서 적을 유인해?"

마이클의 순수한 질문에 모두가 그를 빤히 쳐다봤다.

눈을 깜빡이던 마이클이 뜨악한 표정을 지었다.

"자, 잠깐만. 아니지? 지금 나보고 저 성채 앞까지 가서 뱀파이어들한테 시비를 걸고, 협곡까지 죽어라 도망치라는 말은 아니지?"

"물론 아니지."

"여, 역시 그렇지? 휴우."

발터의 말에 마이클의 표정이 밝아졌다.

허나 발터의 말은 끝난 것이 아니었다.

"않아."

"……응?"

"아니지 않아. 즉 네가 생각했던 게 맞다고. 미끼는 너야, 브로오."

발터가 마이클의 말투를 흉내 내며 한쪽 눈을 찡그렸다.

"현재 사용할 수 있는 방법 중 가장 효율적이기도 하죠."

작전의 발안자인 설은영의 목소리는 단호했다.

"그리고…… 시스터라고 부르지 말라고 했을 텐데요."

커다란 눈을 도끼처럼 뜨고 있는 설은영의 기세에 눌린 마이클이 몸을 움찔했다.

그 순간, 남자의 손 하나가 그의 어깨 위로 올라왔다.

"마이클."

카이의 손이었다.

마이클은 자신을 위로하는 카이의 행동에 감동을 느끼며 눈시울을 붉혔다.

'비즈니스를 통해 만난 사이지만, 브로는 날 진심으로 걱정……'

물론 그러한 감상은 오래가지 못했다.

그의 몸에 십수 종의 버프가 걸리기 시작했으니까.

"버프는 빵빵하게 걸어줬으니까 걱정하지 말고, 죽으면 문자 보내. 부활시켜줄게."

"……성기사가 그런 것도 해?"

"괜히 히든 클래스겠어? 그리고 궁수니까 이동속도도 빠르잖아. 멀리서 화살 쏘고 바로 도망치기 시작하면 아슬아슬하게 안 잡힐 거야. 다녀와."

'이, 이게 아닌데……'

분명 자신은 예능 프로그램을 찍기 위해 이 던전에 왔다.

하지만…….

"감히 데스몬드 님이 통치하시는 성에 화살을 날리다니!"

"쫓아라! 잡아!"

"아니, 그냥 죽어 버려라!"

"으아아아아아!"

마이클은 그날 미끼 역할을 12번이나 해야 했다. 도중에 지쳤다는 핑계를 몇 번이나 꺼내봤지만, 소용은 없었다. 그때마다 카이는 그의 체력과 스테미너를 끝까지 채워 버렸으니까.

[카이]

[직업 : 태양의 사제]

[레벨 : 440]

……

스탯 창을 확인하는 카이의 표정은 흐뭇했다.

레벨이 무려 20개나 상승했으니까.

모두 마이클의 아름다운 희생이 만들어낸 결과였다.

물론 본인은 원망스러운 표정으로 카이를 쳐다보고 있었지만.

"무슨 400레벨 넘어가는 놈이 이렇게 레벨 업이 빨라?"

"그야 많이, 빨리 잡으니까. 그리고 따지고 보면 네 레벨이 더 많이 올랐잖아."

"그건 그렇지만……."

할 말이 없어진 발터는 어깨를 으쓱거리며 화제를 돌렸다.

"그래서 440레벨이면 어때? 저 빌어먹을 성채, 공략 가능하겠어?"

"아마도."

발터가 뱀파이어들의 성을 '빌어먹을 성채'라고 부르는 데는 이유가 있었다.

'욕이 나올 정도로 힘들긴 했지.'

설은영의 말이 맞았다. 뱀파이어들은 교활했다. 자신들이 병사를 내보내는 족족 연락이 끊기자, 그들도 매복을 준비했던 것이다.

'그렇게 서로의 뒤통수를 노리면서 진땀을 뺀 게 거의 하루. 게다가 마지막에는 진짜 죽을 뻔했지.'

수십의 뱀파이어 병사들과 싸우고 있는 사이 뱀파이어 기사들까지 나타난 탓이었다.

"자. 그럼, 말 나온 김에 시작해 볼까?"

카이가 입을 열자 모두가 기대 어린 표정으로 그를 쳐다봤다.

'과연 뭘 믿고 이러는 걸까?'

'카이의 레벨이 440이라지만, 그건 뱀파이어 기사들도 비슷해. 심지어 성채 안에는 더 높은 등급의 몬스터들도 있을 텐데.'

이번에는 언노운이 대체 어떤 마술을 부리게 될지.

카이의 사소한 행동에 일행의 이목이 집중되었다.

"인벤토리 오픈."

그 상황에서 카이가 한 일은 아주 단순한 일이었다.

바로 인벤토리를 여는 것.

"……군단의 심장."

그리고 스킬 북 하나를 꺼내 든 것이었다.

내도시 광장에만 가도 똑같은 일을 하는 사람은 수도 없이 널렸다.

하나, 카이가 꺼낸 스킬 북을 쳐다보던 일행은 휴식을 취하던 것도 잊은 채 벌떡 일어났다.

"화, 황금색!"

발터가 호들갑을 떨며 소리쳤다.

사실 이 정도의 반응은 당연했다.

카이가 들고 있는 스킬 북이 뿜어내는 찬란한 황금색.

그것이 의미하는 바는 하나였으니까.

"레전더리 등급……."

설은영의 중얼거림에 카이가 고개를 끄덕였다.

"이번에 운 좋게 얻게 되었습니다."

"운? 그래 운, 그게 내 문제니?"

발터가 입에 게거품을 문 채 질문했다.

"제발 그런 운이 있으면 나도 좀 나눠줘라."

"행운이라면 나눠줬잖아."

"응? 어디? 아, 혹시 서프라이즈로 내 우편함에 보냈다거나?"

"지금 네 스탯창을 보고, 던전에 들어오기 전의 스탯창을 떠올려 봐."

"그게 무슨…… 아."

카이의 말뜻을 이해한 발터가 부끄럽다는 표정을 지으며 머리를 긁적였다.

"내, 내가 친구 하나는 진짜 잘 뒀다니까? 하하."

하룻밤 만에 레벨 수십 개를 올리는 것은 평범한 운으로는 절대 불가능한 일이었으니까.

"그래서, 스킬의 효과는 뭔가요?"

발터를 밀어낸 설은영이 은근한 목소리로 물었다.

"진심으로 하는 질문은 아니죠?"

카이가 눈을 가늘게 뜨며 물었다.

다른 것도 아니고 무려 레전더리 등급의 스킬. 그런 스킬의 효과를 다른 사람에게 알려줄 필요는 어디에도 없었으니까.

"아쉽네요."

설은영도 큰 기대는 하지 않았었는지 쿨하게 포기하며 뒤로 물러섰다.

"오우 브로, 이 장면 대박인데? 구도 자체가 좋아."

마이클이 연신 자신의 손가락을 카메라 형태로 만들며 카이의 주변을 돌아다녔다.

'레전더리 등급의 스킬 북을 한 손으로 들고 있는 랭킹 1위라.'

아마 기자들의 귀에 들어가는 순간 전 세계적으로 수만 개의 기사가 쏟아질 것이 분명한 소재였다.

"아무튼, 레전더리 스킬이 있으니 우리는 한시름 놔도 되겠네."

발터가 안도하는 표정을 지으며 말하자, 설은영이 인상을 찌푸렸다.

"아무리 그래도 한 사람에게 모든 것을 맡기는 것은……."

"아뇨, 괜찮습니다."

일행의 시선이 카이에게 향했다.

"지금부터 여러분은 편히 휴식하면서 구경만 하셔도 됩니다."

카이가 호언장담을 하자, 일행들의 궁금증은 더욱 증폭되었다.

군단의 심장. 라시온 왕국의 보고에 보관되어 있던 레전더리 스킬.

스킬의 설명은 간단했다.

[군단의 심장]

등급 : 레전더리

설명 : 소환수를 강화합니다.

소환수의 공격력 +30%

소환수의 방어력 +30%

소환수의 생명력 +30%

소환수의 모든 스탯 +15%

재사용 대기 시간 24시간.

지속 시간 : 5시간.

습득 제한 : 지능 1,000.

그것이 스킬 설명의 전부였다.

짧지만 강렬한 효과들.

'이제 배울 수 있겠어.'

카이가 이 스킬을 얻자마자 배우지 못했던 건 지능 1,000 이상이라는 조건 때문이었다.

하지만, 레벨이 440이 된 지금, 카이는 그 조건을 가볍게 뛰어넘을 수 있었다.

"남은 스탯 전부 지능에 투자."

[120개의 스탯을 지능에 투자하시겠습니까?]

"그래."

[지능이 480 상승했습니다.]

신들의 연회에서 얻은 칭호들 덕분에 스탯을 올릴 때마다 300%씩 추가적으로 상승하는 능력치.

'지능 스탯 1,324라.'

만족스러운 미소를 지은 카이는 곧장 스킬 북을 펼쳤다.

"사용."

책에서 뿜어지던 황금빛 광채는 카이의 전신으로 흡수되었다.

'하지만 이게 끝이 아니지.'

카이는 다시 한번 인벤토리를 열었다.

이번에 나온 것도 스킬 북이었다.

"유니크?"

"아니, 요즘은 인벤토리에 저런 거 넣고 다니는 게 유행이야? 왜 자꾸 나오는데?"

일행의 황당한 표정에도 아랑곳하지 않고, 카이는 스킬 북을 펼쳤다.

['헬 파이어' 스킬을 획득합니다.]

"어."

이전에는 굳이 헬 파이어 스킬을 사용할 생각이 없었다.

'그때는 지능이 낮았으니까.'

지능이 높아질수록 대미지가 강해지는 스킬을 굳이 배울 필요가 없었기 때문이다.

하지만 현재 카이의 지능 스탯은 1,324. 웬만한 마법사 랭커의 지능과 비교해도 부족함이 없었다.

'준비는 끝났어.'

카이가 왼손을 들었다.

"강화 소환, 미믹."

꿈틀거리며 소환된 슬라임 한 마리.

미믹은 자신의 주인을 물끄러미 쳐다보며 명령해 주기를 원했다.

"미믹, 와이번 타입으로."

명령이 떨어지자, 미믹이 꿀렁거리더니 와이번처럼 변했다.

"오오, 판타스틱! 브로, 이 펫의 정체는 대체?"

"음…… 아오사 주니어라고 하면 되려나?"

"아! 아오사라면……"

설은영이 살짝 놀란 표정으로 미믹을 쳐다봤다. 그녀는 천화 길드의 정예 부대를 이끌고 아오사를 처치하기 위해 달려오지 않았던가.

물론 그녀가 도착했을 때는 이미 아오사가 카이에게 토벌당한 뒤였지만.

"우리 미믹은 흉내 내기 스킬을 통해 한 번 본 몬스터의 모습을 흉내 낼 수 있습니다."

"어? 그럼 설마 비르 평야 전투 때 맹활약을 했던 킹 샌드웜도……?"

"예. 그것도 미믹이었어요."

"캬아악!"

자신이 맞다는 듯, 와이번으로 변한 미믹이 포효했다.

"오오, 브로! 나 지금 기대되기 시작했어. 그래서 오늘은 와이번을 타고 공중전을 하려고? 용기사처럼?"

"물론 아니지."

카이가 씨익 웃었다.

"오늘 미믹의 역할은 뚜껑이거든."

"뚜껑……?"

"그래, 뱀파이어들의 관을 닫아줄 뚜껑. 그게 미믹의 역할이야."

2층에 올라온 지 꼬박 하루가 넘게 지났지만, 여전히 환한 보름달은 하늘에 박혀 있었다.

"후우……."

카이는 옅은 숨을 내쉬며 왼손을 들어 올렸다.

"헬 파이어."

콰드드드득.

생성된 마법진은 평소 홀리 익스플로젼을 쏠 때보다도 훨씬 더 사납게 돌아갔다.

"헬 파이어."

이어서 떠오른 두 번째 마법진.

그때부터는 거침이 없었다.

콰드득, 콰드드드득!

총 네 개의 마법진은 꼬박 일주일을 굶은 사자처럼 사납게 으르렁거렸다. 그들이 마법진에 갇힌 채 달려 나가지 못하는 이유는 단 하나였다.

바로 주인인 카이가 목줄을 꽉 쥐고 있었으니까.

달리 말하면 카이가 목줄을 잡던 힘을 푸는 순간 재앙이 도래한다는 뜻.

"가라."

카이가 사나운 사자들을 필드 위로 풀었다.

풀려난 네 마리의 사자는 완만한 포물선을 그리며 흑색의 성채로 날아갔다.

카이는 결과조차 보지 않고, 미믹을 두드렸다.

"미믹, 할 수 있겠지?"

"캬아악!"

와이번이 자신감을 드러내며 울부짖었다.

카이는 흑색 성채에 꺼지지 않는 네 개의 불기둥이 숏아오르는 걸 확인한 순간 소리쳤다.

"미믹!"

파아아악!

기다란 날개를 쭉 펼친 미믹이 빠르게 상공을 향해 날갯짓했다.

"응?"

"어?"

그 장면을 쳐다보던 일행들이 고개를 갸웃거렸다.

'와이번을 타고 가려는 거 아니었어?'

'레벨도 낮을 텐데, 와이번을 적지로 혼자 보낸다고?'

'대체 무슨 생각이길래?'

예상조차 되지 않는 카이의 행보.

"까아아악!"

직선이 되어 쭈욱 날아간 미믹은 금세 성채의 상공에 도착했다.

"그거 알아?"

카이가 불쑥 입을 열었다.

"현재 리버티아가 세워진 땅은 한때 아오사가 흩뿌린 푸른 역병에 오염되어 있었어."

"⋯⋯?"

일행 중 아무도 대꾸를 하지 않았지만, 카이는 자신의 말을 이어갔다.

"하지만 지금은 리버티아 어디에서도 역병의 흔적을 찾아볼 수 없지."

카이의 손가락이 보름달 아래에 위치한 와이번, 미믹을 가리켰다.

"저 녀석이 다 먹어치웠거든."

"설마⋯⋯?"

발터가 그건 아니겠지, 하는 표정을 지으며 천천히 고개를 흔드는 순간.

카이가 씨익 입꼬리를 올렸다.

"화끈하게 터뜨려 버려."

동시에 미믹의 몸이 직각으로 꺾어지며 지상을 향해 수직하강했다.

"끼아아아아악!"

뱀파이어들이 광장에 착지한 미믹을 향해 달려들었다.

하나, 달려들던 적들은 돌연 입에서 피를 뿜어냈다.

"구에엑!"

"커어어억……!"

푸른 역병에 중독당한 뱀파이어들의 피부 위로 푸른 반점이 떠오르기 시작했다.

"성공이군."

머나먼 초원에서 그 모습을 확인한 카이는 다음 행동을 개시했다.

"나이트 오브 나이드메이."

사아아아악.

그의 손가락에 끼워진 보라색 반지가 번쩍이며 50마리의 스켈레톤 나이트들을 소환했다.

"그리고 서임."

이번에 다른 반지가 반짝이며 그들을 축복했다. 어둠이 몰아치고, 연기의 파도가 지나치자 그 자리에는 50마리의 듀라한이 살기등등한 기세로 서 있었다.

"자, 그럼 이제 장비 받아가고."

카이가 인벤토리에서 검을 뽑으며 듀라한들에게 나눠줬다.

언제고 언데드 군단을 다시 사용하게 될 때, 전력을 증가시키고자 기회가 될 때마다 차곡차곡 사놓았던 레어, 유니크 등급의 검들이었다.

"멋있네."

카이가 질서정연하게 도열한 듀라한들을 바라보며 짤막한 감상평을 내렸다.

"든든하기도 하고."

실제로 완전 무장을 마친 50마리의 듀라한은 그 누가 상대여도 패배하지 않을 것 같은 강렬한 포스를 줄기줄기 뿜어내고 있었다.

"……저 녀석이 내 적이 아니라고 생각하니 새삼 감사하게 되네."

"그를 적으로 돌리는 건 미련한 짓이야."

끄덕끄덕.

"맙소사…… 더 이상 이건 예능 프로그램 따위가 아니야."

일개 유저가 군단을 창조해내는 경이로운 광경을 코앞에서 목격한 마이클은 입을 쩍 벌렸다.

'지금 이 순간만큼은, 누가 브로를 보고 교단의 숭고한 성기사라 칭할 수 있겠어?'

대지에 죽음의 역병을 허트리는 언데드의 군단장이라면 납득이 될지도.

"군단의 심장."

카이가 출정식의 마침표를 찍었다.

꿈틀, 꿈틀!

듀라한들의 머리 위로 거대한 심장이 생성되며 꿈틀거렸다. 그러기를 잠시, 심장은 그대로 터져나가며 사방팔방으로 피를 흩뿌렸다.

"……."

피를 뒤집어쓴 듀라한들의 몸이 천천히 핏빛으로 물들기 시작했다.

[군단의 심장이 사용되었습니다.]

[소환수의 공격력이 30% 증가합니다.]

[소환수의 방어력이 30% 증가합니다.]

[소환수의 생명력이 30% 증가합니다.]

[소환수의 모든 스탯이 15% 증가합니다.]

군단이 완성되었다

전쟁에서 가장 중요한 조건은 무엇일까.

좋은 장비들? 강력한 병사들? 혹은 걸출한 지도자?

무엇 하나 뺄 것 없이 전쟁을 치를 때 중요한 요소들이다.

하지만 사람들은 때때로 본질을 꿰뚫어 보지 못하는 경우가 있다.

좋은 장비, 강력한 병사들, 걸출한 지도자. 그들이 존재해야 하는 이유를 유추해 보면, 전쟁에서 가장 중요한 것이 무엇인지에 대한 답은 쉽게 나온다.

바로 '사기'. 적들은 압도적인 장비로 무장한 상대를 보면 절로 위축될 것이다. 적들은 포효하는 강력한 병사들을 마주할 때도 공포를 느낄 것이다.

하물며 걸출한 지도자는, 일어나는 순간부터 잠에 들기 전까지 군의 사기를 높이고, 적의 사기를 낮추는 방법을 생각한다. 그런 관점에서 볼 때, 현재 카이가 일으킨 전쟁의 시작은 100점 만점에 100점을 줘도 할 말이 없을 정도로 훌륭했다.

"크아아아악!"

"숨…… 숨이!"

한 마리의 와이번이 뱀파이어의 성채 안에서 독연을 흩뿌리고 있었다.

성채 내부는 이미 푸른색 연기로 뒤덮여 한 치 앞도 볼 수 없는 상황. 초원에서 그 광경을 지켜보던 카이가 만족스러운 미소를 지었다.

'지금 뱀파이어 놈들의 머릿속이야 뻔하지.'

단 하나의 생각이 뇌리를 가득 채우고 있을 것이다.

바로 살아야 한다는 생각.

뱀파이어들은 죽음을 두려워하여 영생을 택했고, 저주를 받은 이들이다. 제 목숨을 끔찍이 아끼는 놈들이니 생존 본능만큼은 타의 추종을 불허할 터.

'하지만 이미 늦었어.'

독 안개로 가득 찬 도시. 그 상황에서 헬 파이어에 불타오른 건물들이 하나둘씩 무너지기 시작했다.

화염과 독성을 품은 가스성 안개의 만남은 곧 연쇄 폭발로 이어졌다.

펑! 퍼퍼퍼퍼펑!

마치 불꽃놀이를 하는 것 같은 경쾌한 소리가 흑색 성채 안에서 꾸준히 들려왔다.

동시에 일행들의 경험치도 빠른 속도로 올라갔다.

[경험치 4,217,196를 획득합니다.]

[경험치 4,331,257를 획득합니다.]

[경험치 4,198,625를 획득합니다.]

……

제대로 된 전투를 시작하기도 전에, 기선을 확실하게 제압한 카이. 곧이어 굳게 닫혀 있던 흑색 성채의 문이 열렸다.

"크아아악!"

"허억, 허억!"

그곳에서 밀려 나온 건 침입자들을 맞이하는 정예 병사들이 아니었다.

그저 살기 위해 도망친 패잔병들뿐.

혼란에 빠진 적들을 바라보던 카이가 손을 들었다.

"아군을 보호하소서. 천사들의 찬가!"

성의 니케에서 번쩍! 빛이 터져 나왔다. 동시에 머리 위를 아기 천사들이 떠다니며 호른을 불어댔다.

[천사들이 낭송하는 찬가를 들었습니다.]

[받는 물리 피해가 30% 감소합니다.]

[받는 마법 피해가 30% 감소합니다.]

[모든 상태 이상 저항력이 40% 증가합니다.]

드디어 모든 준비가 끝났다. 사냥 준비가 끝난 이에게 필요한 것은 적들을 물어뜯는 행위뿐.

카이는 아무 말 없이 한쪽 팔을 앞으로 뻗었다. 그는 아군의 사기를 돋우기 위한 응원이나 축복, 하다못해 전진하라는 말조차 입에 담지 않았다.

듀라한들은 카이의 명령을 절대적으로 따르는 군단.

굳이 입 밖으로 명령을 내릴 필요는 없었으니까.

철그럭, 철그럭.

전진하는 듀라한들의 갑주는 그 어느 때보다도 큰 울림을 내며 초원을 가득 채웠다.

"으, 으으으……?"

"뭐냐!"

"감히 더럽고 수준 낮은 듀라한 주제에……."

뱀파이어들이 자신들의 눈앞에 나타난 언데드 군단을 사납게 노려봤다. 독에 중독당한 그들은 고통스러웠고, 그 고통에 대한 화풀이를 할 대상이 필요했다.

그런 의미에서 듀라한은 최고의 먹잇감이었다.

'기껏해야 듀라한…….'

'우리 같은 고귀한 밤의 귀족들에게 이빨을 드러낼 위치는 아니지.'

그들은 자신감 넘치게 듀라한 들에게 달려들었다.

까아앙-!

그리고 곧장 후회했다.

"듀, 듀라한이 나의 공격을 막는다고?"

"이 벌레 같은 놈들이 어떻게 내 공격을 피하는 거지?"

눈앞의 듀라한들은, 그들이 알고 있던 존재들이 아니었으니까.

학살이 시작되었다.

서걱, 서걱!

텅, 터엉!

카이에게 지급받은 최고급의 검을 든 듀라한들은 뱀파이어의 심장을 갈랐고, 머리를 베었다.

"끄, 끄아아악!"

"뒤, 뒤로! 뒤로 후퇴해라!"

"멍청한 녀석들! 죽기 싫으면 듀라한 놈들을 쓰러뜨려! 뒤는 이미 지옥이라고!"

"끄윽…… 듀라한 새끼들, 육체가 없으니 흡혈을 할 수도 없어!"

말 그대로 진퇴양난의 상황.

그 모습을 가만히 지켜보던 카이는 차가운 눈으로 전장을 주시했다.

'현재 상황만 보면 압도적으로 유리해 보이지만……'

전선에 나와 있는 적들은 뱀파이어 병사와 기사들이 유일했다.

'좀 더 상위 개체들은 어디 있지?'

그에 대한 의문은 즉시 해소되었다.

[미믹이 역소환되었습니다.]

뜬금없는 미믹의 사망 알림.

카이의 눈이 빛났다.

'그렇군. 상위 개체들은 푸른 역병과 그 대폭발 속에서도 버틸 수 있는 거야.'

미믹의 죽음을 통해 유추한 사실이었다.

그야 상위 개체들은 허둥지둥 도망을 나오지도 않았고, 아직도 도시 안에 머무르면서 차분하게 미믹을 처치했으니까.

'고작 이런 일로 모습을 드러내기에는 엉덩이가 무겁다 이건가.'

큰 걱정은 없었다.

"오히려 봐줄 이유가 사라졌어."

상대방은 도시 밖에서는 싸우지 않겠다는 의사를 드러냈다. 그렇다면 이쪽도 군이 성문을 포위하기 위해 전력을 낭비할 필요가 없다는 소리.

카이는 천천히 걸음을 내디뎠다. 동시에 듀라한 군단이 선보이는 움직임이 판이하게 달라졌다.

"뭐, 뭐야!"

"이 녀석들, 갑자기 더 빠르고 강해졌어!"

"힘을 숨기고 있었나!"

"듀, 듀라한 주제에…… 끄아악!"

50마리의 듀라한들은 귀신같은 몸놀림을 선보이며 하급 뱀파이어들을 무자비하게 썰어 넘기기 시작했다.

마치 지금까지는 일부러 힘을 숨기고 있었다는 것처럼.

그리고 그것은 사실이었다.

'아쉽다. 상급 뱀파이어들이 밖으로 도망쳐 나오면 일망타진할 수 있었는데.'

뱀파이어들은 교활하다. 카이는 그들과 13번의 전투를 치루면 그 사실을 머리로, 피부로 똑똑히 기억했다.

때문에 듀라한들의 힘을 일부러 제한했다.

그래야 상대가 안심할 테니까.

안심을 해야 자신들을 만만하게 보고, 그 무거운 엉덩이를 들어 올릴 테니까.

'하지만 이렇게까지 겁이 많을 줄은 몰랐네.'

자칭 밤의 귀족들이라는 이들의 좁쌀만 한 담력을 한껏 비웃어준 카이는 천천히 성문으로 걸었다. 이미 성문 앞을 가득 메우고 있던 뱀파이어들은 모두 싸늘한 시체가 된 후였다.

그를 반긴 것은 양쪽에 도열한 채 자신을 맞이하는 듀라한들. 그리고 뱀파이어들이 입에 침이 마르도록 자랑해 대던, 순혈이 만들어낸 붉은색 카펫뿐이었다.

차박, 차박.

카이는 무표정한 얼굴로 피 웅덩이를 걸어 나갔다. 누구도 그를 방해하지 못했다. 카이가 걸어 나가자, 그의 뒤로 듀라한 들이 자연스럽게 따라붙었다.

그뿐만이 아니었다.

덜그럭, 덜그럭.

휘하의 언데드가 적을 처치하면, 대상은 스켈레톤이 되어 시전 자를 따릅니다.

나이트 오브 나이트메어에 기재된 또 하나의 효과가 발동했 다. 쓰러진 뱀파이어들은 스켈레톤이 되며 그 자리에서 일어 났다. 듀라한들에게서 퍼져 나간 핏빛 기운, 군단의 심장은 그 들 또한 강화시켰다.

'이제야 좀 군단 같네.'

이제 휘하의 언데드만 무려 300.

만족스러운 미소를 지은 카이는 망설임 없이 성문을 넘어갔 다. 동시에 강렬한 회전을 머금은 창 한 자루가 날아들었다.

카아아앙!

듀라한 기사 하나가 튀어나와 이를 완벽히 차단했다.

물론 피해가 없지는 않았다. 두 창 공격을 막아낸 대가로 팔은 걸레짝이 되어 덜렁거렸으니까.

'일격에 듀라한의 팔을 거덜낼 정도의 공격력이라?'

카이가 웃었다.

'드디어 나왔구나.'

상위 개체의 공격이 분명했다.

"햇살의 따스함."

황금빛에 물든 듀라한의 팔은 마치 시간을 되감은 것처럼, 빠르게 재생되었다.

"……."

카이는 도시의 건물들을 한 바퀴 둘러보았다. 푸른 역병이 만들어낸 안개는 대폭발을 일으키며 대부분 사라진 상태였고, 덕분에 도시를 살피는 데는 문제가 없었다.

"숨어 있네."

누가 박쥐 새끼들 아니랄까 봐.

카이는 당당하게 걸어 나갔다.

그의 걸음이 향하는 곳은 정면에서 보이는 거대한 저택.

'저곳이 데스몬드인지 뭔지 하는 놈이 사는 저택이겠지.'

뱀파이어들이 그토록 찬양을 해대던, 뱀파이어의 왕.

우뚝.

한참을 걸어 폐허가 된 광장에 들어선 카이가 돌연 걸음을 멈추었다. 무너진 건물들의 잔해 속에서 수십 개의 안광들이

번쩍이기 시작했다.

"여기서 기다렸구나."

자신이 아군의 기세를 높이기 위해 유리한 전장에서 싸웠듯이 뱀파이어들도 본인들에게 유리한 전장을 고른 것이다.

불타버린 건물들의 위, 혹은 무너진 기둥의 뒤에서 100마리의 뱀파이어들이 모습을 드러냈다.

"흠."

카이가 그들의 면면을 훑었다. 뱀파이어 병사, 기사와는 다르게 기품이 깃들어 있는 화려한 의복과 망토를 걸친 이들이었다.

'뱀파이어 귀족이라.'

확실히 귀족이라 칭할 만큼 레벨이 높았다. 평균 400레벨이었으니, 야간 버프와 보름달 버프를 받으면 대략 500레벨 후반 정도.

그들은 기세등등한 목소리로 말했다.

"여기까지다."

"감히 데스몬드 님이 다스리는 권역으로 들어올 생각을 하다니."

"뱀파이어 병사와 기사들을 물리쳤다고 큰 착각에 빠졌군."

"모두 죽여라!"

뱀파이어 귀족들이 달려들었다.

따악!

이에 카이는 가볍게 손가락을 튕겼다. 동시에 그를 따르던 언데드들이 성난 파도처럼 사방팔방을 향해 쏘아졌다. 그들은 제각각 한, 두명의 뱀파이어 귀족들에게 달려들며 끈질기게 물고 늘어졌다.

"뭐, 뭣?"

"잔머리를 굴리다니!"

"젠장, 듀라한들은 무시해! 저 모험가부터 죽여라!"

"현명한 선택은 아닌데."

자신의 군단 앞에서 한눈을 판다?

그 결과는 곧바로 나타났다.

"크아아악!"

"뭐, 뭐냐 이 듀라한들은!"

"하다못해 스켈레톤까지…… 우리가 알고 있던 수준이 아니다!"

그들은 병사와 기사들이 느꼈던 심정을 똑같이 느꼈다.

'내가 굳이 어울려 줄 필요는 없지.'

카이는 빠르게 바닥을 박차고 저택을 향해 뛰었다.

물론 언데드들의 군단은 뱀파이어 귀족들을 100% 막아내지는 못했다.

"잡았다!"

포위망을 빠져나온 귀족 하나가 카이의 사제복을 뒤에서 잡아당겼다.

"크하하하! 적군의 지휘관을 잡았다! 듀라한들의 보호를 받지 못하는 모험가쯤은……."

"못 이겨."

돌연 팽이처럼 몸을 돌린 카이의 손에는 성검이 쥐어져 있었다.

카이는 그 검을 그대로 위로 그어 올렸다.

사타구니에서 정수리까지 밝게 빛나는 선 하나가 뱀파이어 귀족의 몸에 새겨졌다.

"끄, 끄아아악! 아파! 아파!"

"아프겠지. 네놈들이 싫어하는 태양의 힘이 깃들어 있으니."

카이는 들어 올린 성검을, 이번에는 밑으로 내리그었다.

스거어억!

징그러운 소리와 함께 뱀파이어의 머리에서 피분수가 터져 나왔다.

"아, 앞이 안 보여!"

뱀파이어 귀족이 허우적대기 시작했다.

동시에 검을 꼬나쥔 카이가 춤을 췄다.

서걱, 서걱, 서걱!

녀석의 팔다리 힘줄이 잘리는 데에는 불과 2초 정도의 시간이 소요되었다. 일말의 군더더기도 없는, 스테미너를 극한으로 절약하는 형태의 움직임이었다.

하지만 카이는 거기서 끝내지 않았다.

"추적하는 빛의 화살."

파밧, 파바밧!

수백 개의 신성 화살이 쓰러진 뱀파이어 귀족의 몸에 빼곡히 들어섰다.

콰드득.

카이는 비명조차 내지 못하는 녀석의 머리통을 밟으며, 자신을 포위한 소수의 뱀파이어 귀족들을 스윽 둘러봤다.

"죽고 싶은 녀석 먼저 덤벼라."

"……."

뱀파이어 귀족들은 카이의 발치에서 벌레처럼 경련하는 동료를 쳐다보다가, 조금씩 뒷걸음질을 쳤다. 그 모습을 목격한 카이는 미련 없이 등을 돌려 저택 쪽으로 걸어 나갔다.

추격은 없었다.

"이대로 죽게 내버려 둬?"

설은영이 일행을 돌아보며 말했다.

이에 발터는 어깨를 으쓱거리며 대꾸했다.

"에이, 굳이 우리가 안 가도 될 것 같은데요? 아까 전력 보니까 카이 혼자서도 다 쓸어버릴 수 있을 것 같던데요, 뭘."

"확실히 아까의 전투만 보면 확실히 압도적으로 유리해 보이겠지. 하지만 그중에는 뱀파이어 상위 개체가 단 한 마리도 없었어."

"……아!"

설은영의 설명에 무언가를 깨달은 발터가 돌연 비명을 뱉어냈다.

"젠장, 그럼 상위 개체는 그 독과 폭발에도 견딘 녀석들이라는 소리잖아요?"

"그게 문제지. 카이 님이 지휘하는 언데드의 군단은 분명 적으로 마주하기 싫을 정도로 강력하지만……."

"뱀파이어 상위 개체도 강하겠죠."

"게다가 뱀파이어들이 그토록 찬양하던 데스몬드까지 염두에 둬야 해."

"그럼 쉬고 있을 때가 아니잖아요?"

발터가 황급히 자리에서 일어났다.

"여기서 이렇게 아니라 빨리 카이를 도와주러 가야죠."

"음. 솔직히 난 브로가 잘할 거라고 생각해서 걱정되지는 않지만, 대체 어떤 풍경이 기다리고 있을지는 기대되니 가겠어."

"유하린 씨는?"

설은영의 질문에, 그녀는 말없이 장비를 챙기는 것으로 대답했다.

서둘러 성채로 들어선 일행은 도시를 가득 메우는 죽음의 냄새에 인상을 찌푸렸다.

채앵…… 챙……!

멀리서 들리는 병장기 소리.

"저쪽입니다!"

발터가 방패를 들고 소리가 들리는 방향으로 달려갔다.

'이제 이 건물만 지나면 나와.'

이미 가까워질 대로 가까워진 소리.

발터는 건물의 코너를 도는 것과 동시에 두 팔을 들어 올렸다.

"야, 인마! 친구 좋다는 게 뭐냐! 내가 몸소 도와주러 오셨……"

콰드득, 콰득!

수백 마리의 뱀파이어와 듀라한, 스켈레톤이 한데 섞여 싸우는 압도적인 광경을 목격한 발터는 스르륵 팔을 내렸다.

쿠우우웅!

듀라한이 자신의 머리통으로 뱀파이어의 턱을 쳐올린 뒤, 눈에다가 검을 박아넣었다.

"끄어억!"

물론 뱀파이어 귀족도 마냥 당하지만은 않았다.

우그그극!

손을 뻗어 듀라한의 팔을 그대로 잡아 뜯어냈으니까.

흡혈을 할 수 없게 된 뱀파이어와, 회복을 못 하는 듀라한. 그들의 싸움은 자연스레 소모전으로 돌입한 상태였다.

그 상황에서, 발터를 비롯한 인간의 등장은 대번에 전투의 변화를 불러일으켰다.

"이, 인간이다……."

"피다!"

"이제 흡혈을 할 수 있어!"

해골과 갑옷 군단을 상대하던 뱀파이어 귀족들의 눈이 돌아갔다.

"으, 음. 불길한 기분이 드는걸."

발터의 말이 사실이라고 증명이라도 하듯 뱀파이어 귀족들은 자신들에게 달라붙은 거머리 같은 듀라한들을 떼어내며 그에게 달려들었다.

"흡혈을 해야 한다!"

"피를, 피를 원해!"

"으으…… 젠장! 괜히 탱커로 전직해서!"

인상을 구기며 울상을 지은 발터의 방패가 그의 정면을 가로막았다. 높은 어그로 수치 때문인지 모든 뱀파이어 귀족들은 일차적으로 발터만을 노렸다.

촤드드득!

뱀파이어의 손톱 공격 한 번에 발터의 방패는 종잇장처럼 찢어졌다.

순식간에 몸을 보호할 수단을 상실한 발터.

"아, 아니, 저거 아직 할부금도 못 갚은 건데……."

그의 멍청한 목소리에 설은영은 가만히 광장을 둘러봤다.

'남아 있는 듀라한은 35마리. 스켈레톤이 104마리. 반면에 뱀파이어 귀족들은…….'

총 62마리.

계속해서 싸운다면 언데드 군단의 전멸이 확실한 상황.

'언노운은?'

광장 이곳저곳을 둘러봤지만, 그의 모습은 보이지 않았다. 혹시나 싶어 친구 창도 확인했지만, 다행스럽게도 사망하지는 않은 상태.

'그렇다면 데스몬드를 상대하러 간 거야.'

자신들을 도와줄 형편은 안 된다는 뜻이었다.

"유하린 씨."

설은영의 질문에 유하린이 고개를 끄덕였다.

"지금까지는 예의가 아닌 것 같아서 묻지 않았지만, 지금은 솔직히 말해줬으면 좋겠어요."

그녀가 진지한 표정을 짓자 유하린도 무겁게 고개를 끄덕였다.

"아니, 두 분 분위기 잡는 건 좋은데 빨리 좀!"

검을 마구잡이로 휘두르며 다가오는 뱀파이어 귀족들을 견제하던 발터가 비명을 질렀다.

이를 무시한 설은영이 말을 이었다.

"유하린 씨. 저는 지금부터 이 불리한 전장을 뒤집을 전술을 짜기 시작할 거예요. 그러기 위해선 아군의 능력을 정확히 알고 있어야 해요. 그래서 말인데, 직업을 알려줄 수 있나요?"

"……."

유하린의 직업. 미드 온라인이 출시된 지 1년이 넘는 시간 동안 풀리지 않은 미스터리 중 하나였다.

"오우. 이쪽 그림도 제법……."

마이클이 그 와중에도 몸을 움직여 설은영과 유하린의 구도를 멋있게 잡아냈다. 동시에 굳게 닫혀 있던 유하린의 입술이 천천히 열렸다.

"좋아요."

옥구슬처럼 맑고 깨끗한 목소리가 그녀의 입에서 흘러나왔다. 그녀가 던전에 들어온 뒤, 누군가에게 처음으로 말을 하는 순간.

"유, 유하린 씨가 말을 하다니. 궁금하잖아! 끄으으, 보고 싶은데……!"

동시에 대중에게 그녀의 목소리가 공개되는 순간이기도 했다. 마이클과 설은영의 시선이 유하린의 입 끝으로 모여들었다.

"전…… 아직 직업이 없어요."

부끄러운지 한쪽 손으로 볼을 감싸며 중얼거리는 유하린. 그녀의 말에 설은영이 눈을 한 번 깜빡였다.

"직업이…… 없으시다고요?"

"네에…… 전직을 안 했어요."

"……"

할 말을 잃은 설은영이 입만 뻥긋거렸다.

'지금까지 전력 노출을 피하기 위해 스킬을 사용하던 게 아니었어?'

설마 그게 전직을 하지 못해서 직업 전용 스킬이 없었던 것뿐이라니!

설은영은 복잡해진 머리를 감싸며 재차 질문했다.

"끄응…… 그럼 지금 초보자신 거죠?"

"네."

"좋아요, 머리 아프니까 이 이야기는 나중에 하고……"

"나 죽는다고요!"

발터가 꽥 비명을 질렀다.

뱀파이어 귀족들의 날카로운 송곳니는 달빛을 반사하며 그의 목덜미를 노리는 중이었다.

"……일단 저 녀석부터 구하죠."

"네."

대답과 함께 튀어나간 유하린의 검이 달빛과 함께 적들을 갈랐다.

"크윽! 계집 따위가!"

불시의 기습에 화가 난 뱀파이어 귀족 하나가 유하린을 공격했다.

동시에 유하린의 눈이 반짝였다.

'3, 2…… 1!'

녀석이 다가오는 속도를 정확히 계산한 그녀는 뒤로 물러나며 왼쪽 다리를 채찍처럼 휘둘렀다. 아름답고도 부드러운 곡선을 그리며 날아간 다리는 그대로 뱀파이어의 턱을 강타했다.

콰드득!

"컥!"

뱀파이어 귀족이 이마를 짚으며 어지러움을 느끼는 순간, 유하린의 검이 빛살처럼 움직였다.

푹! 푹! 푹!

뱀파이어의 심장.

같은 장소를 연속으로 세 번 찌른 유하린은 그대로 검을 뒤쪽으로 휘둘렀다.

"크아아악!"

뒤에서 그녀를 덮치던 뱀파이어 하나가 얼굴을 감싸 쉬며 뒤로 물러났다. 녀석의 손바닥에서는 연신 붉은 피가 줄줄 새어 나오고 있었다.

"거기까지! 이제 빠지세요!"

유하린이 마무리를 하기 전, 설은영이 그녀를 불러들였다.

"끝낼 수 있었어요."

두말없이 돌아온 유하린은 약간의 아쉬움을 토로했다.

이에 설은영은 웃었다.

"하지만 저희 손으로 죽이면 안 돼요."

콰드드득!

듀라한의 손에 들린 단단한 머리통은 뱀파이어 귀족들을 내려찍으며 마무리를 지었다. 동시에 시체가 부들부들 떨리더니, 강력한 스켈레톤 하나가 자리에서 일어났다.

"이 싸움, 이길 수 없어요."

레벨에서부터 너무 큰 차이가 나기에 이기는 것은 불가능했다.

그렇다고 몰살당할 수도 없으니, 남은 선택지는 버티는 것뿐.

'저 맹공을 버티기 위해선 총알받이가 필요해.'

이미 성문에서의 전투를 보고 듀라한이 적을 죽이면 스켈레톤이 생성된다는 것을 알아챈 설은영이었다.

"저희는 지금부터 방어에 전념합니다. 그러다가 방심하는 녀석이 나타나면 놈을 죽여서 새로운 스켈레톤으로 만들 거예요."

주변을 둘러싸는 뱀파이어 귀족들을 쳐다보던 설은영이 침을 꿀꺽 삼켰다.

끼이이익.

대저택의 문이 활짝 열렸다.

저벅, 저벅.

방문자가 홀로 들어서자, 돌연 문이 쾅! 소리와 함께 닫혔다.

내부는 캄캄했다. 오직 창가로 스며드는 달빛만이 유일한 불빛.

하지만 남자는 불을 켤 생각도 없이, 2층으로 향하는 계단
쪽으로 고개를 돌렸다.

"손님을 향한 예의범절이 엉망이네. 귀족 맞아?"

"불청객에게까지 예의를 갖출 필요는 없지."

2층.

어둠에 잠긴 공간에서 묵직한 음성이 날아왔다.

"하긴, 내가 왜 왔는지도 알지?"

"알다마다. 기다렸다. 그대가 오지 않았다면 내가 찾아갈 생
각이었지."

"그럼 얌전히 기다릴 걸 그랬네."

"큭."

웃음을 터뜨린 저택의 주인은 천천히 계단을 밟으며 내려오
기 시작했다.

"혼자 방문한 용기는 칭찬해 주마."

촤아아아악!

마침내 1층으로 내려온 저택의 주인이 양팔을 쫘악 펼쳤다.
동시에 저택의 모든 불빛이 환하게 켜졌다.

170㎝의 신장. 마치 여자처럼 고운 선을 지닌 아름다운 얼굴. 날개뼈에서 돋아난 두 장의 거대한 박쥐 형태의 날개. 고급스러운 원단의 예복으로 숨기고 있어도 티가 나는, 극한까지 단련된 전사의 몸.

[흡혈왕 데스몬드 LV. 600]

"……높네."

저택 주인의 늠름한 모습에 방문자, 카이가 중얼거렸다.

'정말 높아.'

야간 버프와 종족 버프를 합치면 800레벨이 넘어가는 괴물이다.

'지르칸보다 강하겠지.'

강하다는 자신감 때문일까.

데스몬드는 적을 눈앞에 두고도 눈을 감고 있었다.

프스스스.

카이의 몸에서 뜨거운 열기가 피어오르기 시작했다.

'흡혈왕. 레이드급 보스 몬스터.'

아오사, 자탄과 동일한 등급이다.

하지만 카이는 앞선 두 번의 전투 때도 하지 않았던 긴장을 했다.

'인간형은 처음인가.'

아오사와 자탄의 덩치는 크다. 때문에 속도에 자신만 있다면, 그들이 움직이는 것을 보고 충분히 반응할 수 있다.

하지만 데스몬드는 다르다.

'생각보다 키가 작아.'

그만큼 날렵하다는 소리일 터.

카이는 평소보다 약간 더 자세를 낮췄다.

"성검 소환."

성검을 쥐고, 온갖 버프가 순서대로 시전되며 카이의 몸을 축복했다.

'눈을 감고 있을 때 치명타를 먹이고 시작한다.'

카이가 달려 나갈 준비를 마치는 순간.

"흠. 위험한 냄새가 나는군."

데스몬드가 싱긋 웃었다.

'웃어?'

카이가 그 웃음의 의미를 해석하려던 찰나.

파아악!

천장에 달려 있던 샹들리에가 터져나가고, 스탠드들이 그대로 폭발했다. 저택은 다시 어둠에 물들었다.

"이런!"

밝은 곳에 적응되어 있던 카이의 시야가 순간적으로 완전히 차단되었다.

'설마 눈을 감고 있던 이유가!'

당했다. 한 치 앞도 보이지 않는 상태라 매의 목격자 효과도 도움이 안 되는 상황.

"하하하하하! 미개한 인간 따위는 생각해낼 수 없는 기발한 작전이지."

기분 좋게 웃어 보인 데스몬드는 그대로 카이에게 달려들었다.

쫘아악!

그는 순식간에 카이의 목덜미를 잡더니 바닥에 내동댕이쳤다.

"크윽!"

벌레 같은 인간의 비명이 들려왔다.

'음. 역시 인간의 비명은 좋군.'

그에게 인간의 비명은 클래식과 같았다. 언제 들어도 질리지 않는 명반처럼, 몇백, 몇천 번을 들어도 질리는 일이 없었으니까.

쩌저적.

데스몬드가 입을 벌리자 흉악한 송곳니가 튀어나왔다. 그는 카이의 몸을 단단히 고정시킨 뒤, 목덜미에 이빨을 박아넣기 위해 몸을 숙였다.

'……음?'

그가 이상한 것을 목격한 것은 그때였다.

'이 인간, 왜 눈을 감고 있는 거지?'

그것은 이해할 수 없는 행동이었다.

보통 사람이라면 눈을 뜬 채, 이 어둠에 1초라도 빨리 적응하려고 할 테니까.

그가 간과한 것은, 카이가 보통 사람이 아니라는 점이었다.

따악, 따악.

카이가 손가락을 튕겼다.

그러자 데스몬드의 고개가 반사적으로 돌아갔다.

그 순간.

카이가 빙그레 웃었다.

"업그레이드, 신성한 빛."

파아아아앗!

저택 내부를 밝게 물들이는, 강렬한 섬광이 그의 손에서 터져 나왔다.

"크으윽, 젠장, 젠장!"

데스몬드가 자신의 두 눈을 감싼 채 욕지거리를 내뱉었다.

툭툭.

먼지를 털고 여유롭게 일어난 카이는 신성한 빛을 천장으로 올려보냈다.

"음. 밝기 좋고."

그는 밝아진 저택의 내부가 몹시 마음에 들었다.

"집 좀 밝게 해놓고 살아라. 커튼도 좀 걷고."

카이가 검을 살짝 휘두르자 검풍이 쏟아지며 커튼이 잘려 나갔다.

"네가 무슨 어둠의 자식도 아니…… 아, 맞구나."

고등학교 담임 선생님의 말버릇을 입에 담던 카이가 헛웃음을 흘렸다.

"이 비열한 인간 놈! 이런 식의 기습을 감행하다니!"

업그레이드 스킬로 강화가 된 신성한 빛은 그 밝기가 좀 강했다.

눈을 질끈 감고 있던 카이조차 눈앞이 조금 어지러울 정도. 그야말로 섬광탄에 버금가는 위력이었다.

'음. 이걸 두 눈 똑바로 뜨고 쳐다봤다면…… 어휴.'

이를 상상조차 하기 싫던 카이가 절레절레 고개를 흔들었다.

"그리고 말을 똑바로 해야지. 이 아름다운 작전은 너한테 배운 건데."

"끄으윽……."

할 말이 없어진 데스몬드는 억지로 눈을 뜨며 자리에서 일어났다.

부웅, 붕.

마치 봉사처럼 제 앞을 휘적거리는 두 팔.

콰드득!

카이는 망설임 없이 성검을 휘둘러 데스몬드의 두꺼운 가슴을 갈랐다.

"크으윽……!"

그 공격으로 카이의 위치를 파악한 데스몬드가 손을 뻗었다. 아무것도 없던 허공에서 핏빛 회오리가 몰아쳤다.

"음!"

살짝 긁힌 것만으로도 체력의 12%가 날아가는 압도적인 공격력.

'확실히 데스몬드는 위험해.'

물론 자신의 공격도 잘 먹힌다. 뱀파이어는 악마 타입의 몬스터였기에 신성력에 추가 피해를 입었으니까.

게다가 성검까지 장착한 지금, 카이는 악마/언데드에게 100% 추가 대미지를 입힐 수 있었다.

"죽어, 죽어라!"

아직 시력을 완벽하게 회복하지 못한 데스몬드는 계속 엉뚱한 방향으로 공격을 날렸다.

'이 기회, 반드시 잡는다.'

카이가 달리기 시작했다. 데스몬드에게 달려가는 것이 아니라, 그를 중심에 두고 레이싱 트랙을 달리듯 빙빙 돌았다.

그 이유는 간단했다.

"어디, 어디냐!"

카이의 위치를 파악하지 못한 데스몬드는 사방팔방으로 공격을 쏘아내는 것과 동시에 지 신이 몸 주변으로 강력한 방어

막을 생성해 냈기 때문이다.

'저게 사라지는 순간. 그 한순간을 노려야 해.'

쿵, 쿵!

카이는 일부러 발목에 힘을 주어 자신의 위치를 드러냈다.

쫑긋.

데스몬드의 귀가 연신 움찔거렸다.

"거기…… 아니, 그쪽이냐!"

촤악! 촤아악!

핏빛 돌풍이 일어나며 저택을 무너뜨리기 시작했다.

물론 카이가 그 돌풍에 얻어맞는 일은 일어나지 않았다.

앞을 못 보는 몬스터의 공격에 맞을 정도라면 애초에 랭커
의 자격 자체가 없는 거니까.

"이제…… 이제 조금씩 보인다."

녀석의 시야가 차츰 돌아오려는 순간.

카이는 달리던 방향을 직각으로 꺾으며 데스몬드에게 달려
들었다.

푸욱!

데스몬드를 감싸고 있던 핏빛 방어막은 이미 사라진 상태였다.

"전투 중에는 안심하지 마. 안심하는 순간이 가장 위험한 법
이니까."

안심이란 상대를 죽인 뒤, 전투가 끝났을 때만 할 수 있는

것이다.

"커, 커어억……!"

왼쪽 눈에 성검이 박힌 데스몬드가 팔을 휘둘렀다.

카이는 그 힘에 거스르지 않고, 충격을 최대한 흡수하며 뒤쪽으로 날아갔다.

'한쪽 시야는 차단했어.'

인간의 시야는 넓다. 단순히 넓은 것이 아니라, 수많은 동물 중에서도 상위권에 꼽힐 정도로 넓다.

오른쪽 시야 145도. 왼쪽 시야 145도. 위쪽 방향은 수평으로부터 55도, 아래쪽 시야는 약 75도.

그것은 뱀파이어도 마찬가지였다.

'하지만 더 이상 왼쪽 눈은 쓸 수 없을 거야.'

피가 철철 흐르는 데스몬드의 왼쪽 눈은 이미 터진 상태였으니까.

일대일 싸움에서. 그것도 강자와의 싸움에서 한쪽 시야를 볼 수 없다는 페널티는 생각보다 훨씬 심각했다.

우선 거리감.

"크윽……!"

평생 두 눈으로 세상을 바라보던 데스몬드는, 카이와의 거리감을 정확히 계산해 낼 수 없었다.

카이 또한 그 부분을 노렸다.

휘익, 휘익!

현란한 스텝을 밟으며 데스몬드의 시각을 한껏 유린한 카이는 꾸준한 대미지를 누적시켰다.

그리고 또 하나.

'왼쪽에서 치고 들어가는 공격에 한 박자 늦게 반응한다.'

보이지 않는 방향에서 날아오는 공격에 반응하는 것이 굼뜨다는 것.

서걱, 푹!

"커억, 크어억!"

카이는 마치 어린 아이를 다루듯 흡혈왕을 가지고 놀았다.

물론 말처럼 쉬운 것이 아니었다.

한쪽 시야가 나갔다고는 하나, 데스몬드의 가공할 만한 공격력은 여전했다.

"쥐새끼 같은 녀석! 맞아라! 죽어라!"

콰르르르르릉!

한 대라도 맞으면 체력의 10%가 우습게 날아갈 듯한 엄청난 공격력. 자칫 치명상이라도 맞으면 그 이상의 출혈도 각오해야 했다.

무엇보다 가장 걱정인 것은 따로 있었다.

'절대 피를 흘려선 안 돼.'

뱀파이어는 상대방의 피를 마셔 자신의 체력을 채우는 종족이다.

그런 이들의 군주. 흡혈왕이라고까지 불리는 존재 앞에서 피를 흘리는 것은 그리 바람직한 일이 아니었다.

때문에 카이의 움직임은 초심자가 보기에는 과감해 보였다. 허나 랭커들이 그의 몸놀림을 봤다면 경악했을 것이다.

그는 사소한 것 하나까지 데스몬드의 다음, 또 그다음 행동을 계산한 뒤에 움직였으니까.

턴제 게임도 아니고, 나노초 단위로 이루어지는 실시간 전투에서는 불가능에 가까운 말 그대로 동물적인 전투법이었다.

"크으으……."

체력이 30% 밑으로 떨어진 흡혈왕의 창백한 전신이 붉어지기 시작했다. 동시에 세상에 가느다란 붉은색 선이 그어졌다.

처음에는 하나만이 그어지더니 그 수는 점점 많아졌다.

'느낌이 안 좋아.'

위기의식을 느낀 카이는 본능적으로 그 선들을 피해 다녔다. 결과적으로 그 선택은 옳았다.

지이이이이잉!

세상에 그어진 혈선으로 순식간에 핏빛 칼날이 튀어나오며 거슬리는 모든 것들을 절단하기 시작했으니까.

땅, 기둥, 벽.

그 무엇도 핏빛 칼날의 분노를 피해갈 수는 없었다.

'가능하면 빨리 끝내는 게 좋겠어.'

파티창을 확인하던 카이가 인상을 찌푸렸다. 안전할 거라고 생각했던 파티원들의 체력이 지속적으로 깎여 나가고 있었기 때문이다.

초조함을 느낀 그는 살짝 무리를 감행했다.

"업그레이드. 신성 사슬."

촤르르르륵!

소매에서 뻗어 나간 굵은 쇠사슬이 흡혈왕의 목을 휘감았다.

"크윽⋯⋯!"

흡혈왕의 전신에서 근육이 부풀었고, 타이트한 예복은 힘없이 찢어져 나갔다.

예복 아래에 감춰져 있던 몸은 대단했다. 지방 한 점 없이 단단한 근육으로 이루어진 몸매는 경이로울 정도였으니까.

하지만 그런 것에 감탄하고 있을 여유는 없었다.

"업그레이드, 헬 파이어."

화르르르륵!

지옥의 불길은 곧장 신성 사슬을 타고 데스몬드의 몸으로 옮겨갔다. 업그레이드로 강화된 스킬은 이전보다 훨씬 더 맹렬하게 불타기 시작했다.

"⋯⋯."

흡혈왕은 비명을 내지르지 않았다. 그저 입술을 피가 날 정도로 꽉 깨문 채, 카이를 노려볼 뿐.

'……독한 놈.'

카이는 찌푸린 얼굴로 데스몬드를 쳐다봤다.

체력이 22% 밑으로 내려갔지만, 녀석은 오히려 처음보다 더 팔팔해 보였다.

'슬슬 공격이 잘 통하지 않고 있어.'

데스몬드가 자신의 공격 패턴을 어느 정도 파악했기 때문이다.

'전투가 길어지면 불리한 건 나.'

카이는 냉정하게 상황을 판단했다. 파티원들의 체력 상황도 많이 안 좋고, 듀라한과 스켈레톤들도 꾸준히 사라지고 있다.

'그렇다면 여기서 승부수를 걸자.'

카이가 사슬을 당겼다.

흡혈왕은 그 힘에 저항하지 않고 오히려 추진력으로 삼아 카이에게 쇄도했다.

'온다!'

카이는 두 눈을 부릅뜬 채 달려드는 흡혈왕을 맞이했다.

콰드드득!

흡혈왕의 뾰족한 송곳니가 카이의 왼쪽 팔목을 파고들었다.

"크으으윽!"

동시에 알림창이 빠르게 나타나기 시작했다.

띠링!

[데스몬드가 흡혈 스킬을 사용했습니다. 20,000의 대미지를 입었습니다.]

…….

전체 체력이 14만을 조금 넘는 카이가, 초당 20,000씩의 체력을 잃는 건 치명적이다. 심지어 데스몬드는 초당 10,000씩 생명력이 빠르게 차올랐다.

하지만 카이는 그 상황을 기다리라도 한 듯, 입꼬리를 말아 올렸다.

"업그레이드, 신성 사슬."

"……?"

다시 한번 강화된 신성 사슬을 소환한 카이는 녀석에게 물린 자신의 왼팔과, 녀석의 몸을 칭칭 묶었다.

동시에 마법진이 떠올랐다.

"햇살의 따스함."

카이의 몸이 황금빛에 물들며 곧장 40,000의 체력이 회복되었다.

"어디 누가 최고의 터프남인지 한 번 가려보자고."

무언가 잘못되었다는 것을 느낀 데스몬드가 몸을 빼내려 했다.

꽈아아아악!

하지만 카이의 왼팔 근육에 단단히 박힌 이빨은 빠져나오질 않았다. 심지어 신성 사슬에 감겨 있는 그의 몸도 꿈쩍하지 않았다.

카이가 서슬퍼렇게 눈을 빛내며 말했다.

"어디 한 번 내 피, 계속 빨아봐."

푹!

성검은 움직이지 못하는 데스몬드의 옆구리를 강하게 찔렀다.

[데스몬드가 흡혈 스킬을 사용했습니다. 20,000의 대미지를 입었습니다.]

"햇살의 따스함."

[40,000의 체력이 회복되었습니다.]

푹! 푹!

체력이 깎이고, 차오르고, 또 깎이고 차오르고.

더 이상 두 사람의 싸움은 초반처럼 현란하거나, 화려하지 않았다. 그저 죽지 않는 좀비 두 마리가 누구 생명력이 더 질긴지 확인을 하는 것처럼 보일 뿐.

"그르그르……!"

흡혈을 하던 데스몬드가 고통을 토해냈다. 같은 부위를 계속해서 찔리자, 더 이상 그 고통을 견뎌낼 수 없었던 것이다.

"크아아아아악!"

결국 그는 자신의 이빨을 스스로 부러뜨리고, 카이의 왼팔에서 고개를 떼어냈다. 수백 마리의 박쥐로 변한 그는 신성 사슬의 속박에서 벗어났다.

'지금이다.'

카이의 눈이 빛났다.

그는 뒤쪽으로 도망치는 박쥐 떼를 향해 스킬을 사용했다.

"태양의 분노!"

지이이잉.

보름달만이 존재하던 하늘, 아니 천장은 산산조각이 나며 떨어지기 시작했다.

그 사이로 들어온 태양 빛이 대지를 폭격했다.

콰앙! 콰아앙! 지이이잉!

태양의 분노는 마치 지우개처럼 저택을 지도상에서 깨끗하게 지워냈다.

"커, 커흑……."

데스몬드는 역류하는 피를 토해내며 바닥에 엎드려 있는 상태였다.

"크…… 크으으……."

그는 바닥에 누운 채 카이를 죽일 듯이 노려봤다.

"마지막으로 남길 말이라도?"

예의상 물었을 뿐이었다.

"인간은…… 너희 인간은 예전부터 항상 그래왔다……."

하지만 데스몬드는 진심으로 자신의 유언을 남기기 시작했다. 그는 꺼지기 직전의 촛불이 화려한 불꽃을 태우듯, 마지막 힘을 다해 몸을 일으켰다.

"자신들을…… 기준으로 삼은 뒤, 자신과 다른 것을 틀린 것이라 명명하지…… 이 얼마나 오만하고 건방진 족속들인가!"

저벅.

카이는 자신에게 걸어오는 데스몬드를 차갑게 응시했다.

"악마의 아들이라고? 웃기는 소리. 나는 지독한 피부병에 걸렸을 뿐이었다. 그것을 제외하고는 다른 인간들과 모든 것이 똑같은 한심한 놈이었지."

덥석.

데스몬드가 카이의 멱살을 쥐었다. 그의 몸이 후들후들 떨리는 것이 잡힌 멱살을 통해 느껴졌다. 그것이 과연 기력이 다해서인지, 아니면 감정이 북받쳐서인지 카이는 알지 못했다.

"인간은 자신과 다른 것을 이해하지 못한다. 용납하지 못한다. 실제로 그들은 나를 이해하지도, 용납하지도 못했지. 그 때문에 나의 어머니는! 마녀라는 누명을 쓰고 화형대에서 돌아가셨다!"

"……."

"큭. 우습게도 같은 종족도 아닌 마왕님만이 나를 인정해 주셨고, 이 힘을 주셨지. 나는 힘을 얻은 날, 마을로 돌아가 인간 놈들을 모조리 찢어 죽였다. 크큭, 근데 웃기는 것이 뭔지 아나?"

데스몬드가 어깨를 들썩이며 웃었다.

"인간이라는 한심한 족속들은…… 자신과 다를지라도 힘이 강하면 살려달라고 목숨부터 구걸하더군. 큭, 크하하하! 자신들과 다른 존재라 할지라도. 강하면 일단 구걸을 하고본단 말이다. 이보다 더한 희극을 봤는가? 응? 봤느냔 말이야!"

툭.

한바탕 울화를 쏟아내고 힘을 다한 데스몬드의 팔이 힘없이 떨어졌다. 지지할 대상을 잃어버린 그는 비틀거리다가 볼썽사납게 넘어졌다.

"으. 으……."

자리에 누운 데스몬드의 시야로 하늘이 올려다보였다.

'그날의 밤하늘은 절대로 잊지 않겠다고 어머니께 약속했거늘…….'

한쪽 눈은 실명했고, 시야는 점점 흐릿해져 갔다.

천근만근 무거워진 눈꺼풀 때문인지 눈은 천천히 내려왔다.

'보름달이 박혀 있던 하늘…… 그 밤하늘을 한 번만 더 볼 수 있다면…… 좋겠군.'

아쉽게도 부서진 천장에는 보름달의 모습이 보이지 않았다.

데스몬드가 죽자 당연하다는 듯 알림창이 떠올랐다.

카이는 별 감흥 없이 메시지들을 읽어내렸다.

[흡혈왕 데스몬드를 처치했습니다.]

[레벨이 올랐습니다.]

…….

[스탯 포인트를 40개 획득합니다.]

[뱀파이어 백작의 예복을 획득합니다.]

[스킬 북-메모리 다이브를 획득합니다.]

8개의 레벨 업과 1개의 아이템, 1개의 스킬 북.

'생각보다 거지네.'

하지만 추가적인 메시지가 떠오르자, 카이의 눈동자가 휘둥그레졌다.

[권선징악 효과가 발동합니다.]

[사악한 뱀파이어 영주를 처치했습니다.]

[처치한 영주의 작위는 '백작'입니다.]

[선행 스탯이 60 상승합니다.]

[태양 목격자의 효과로 선행 스탯이 30만큼 추가적으로 상승

합니다.]

　설마 몬스터 영주를 죽여도 권선징악의 효과가 발동될 줄은 몰랐다. 게다가 작위를 박탈하는 것만이 아니라 직접 목숨을 거두어도 적용되다니.

　'이건 생각지도 못했던 수확인데?'

　선행 스탯이 90만큼 상승하면, 각종 목격자 칭호로 인해 모든 스탯이 360만큼 상승한다. 돈으로는 환산을 할 수 없는 보상을 얻은 카이의 입꼬리가 절로 올라갔다.

　"흐음. 그런데 저건……."

　아까부터 무언가가 신경 쓰인 카이는 데스몬드의 시체를 향해 고개를 돌렸다. 그의 이마 위에는 지르칸 때와 마찬가지로 작은 빛이 떠올라있었다.

　'이건 역시 그거겠지?'

　잠시 자신의 반지를 쳐다보던 카이는 손을 뻗었다.

　"영원한 안식."

　성환 페트라가 반짝였다.

[데스몬드의 영혼을 불러냅니다.]

　-으음…….

반투명한 몸을 하고 있는 데스몬드는 전투를 시작하기 전처럼 깨끗한 모습을 하고 있었다. 잠시 기억을 더듬던 녀석은 이내 카이를 발견하고는 송곳니를 드러냈다. 그의 살벌한 눈빛을 마주한 카이는 태연스럽게 손가락으로 바닥을 가리켰다.

-음?

시선을 아래로 내린 데스몬드는 자신의 시체를 쳐다보고는 잠시 멍한 표정을 지었다.

그가 물었다.

-혹시 내가…….

"응, 죽었어."

-…….

데스몬드는 잠시 말을 잊더니, 피식 웃음을 터뜨렸다.

-그렇군.

자신의 시체를 목격한 감상은 그것으로 끝이었다. 죽어서도 귀족으로서의 자존심은 내려놓고 싶지 않은 것이리라.

그가 오만하고 고압적인 표정으로 카이를 쳐다보며 물었다.

-그래서, 자신이 죽인 이를 구태여 불러낸 이유는 뭐지?

"하고 싶은 말이 있어서."

털썩.

폐허가 되어버린 바닥에 양반다리를 하고 주저앉은 카이가 입을 열었다.

"네가 내뱉은 말에 대해 생각을 해봤거든."

-나의 말이라면?

"인간은 다 똑같다고. 자신들을 기준으로 삼고 다른 것은 인정하지 않는다고 말했잖아."

-하.

데스몬드가 코웃음을 쳤다.

-별 시답잖은 이유로 나를 불러냈구나.

"하지만 이 말만은 꼭 하고 싶었거든. 네 말이 맞다고."

-……뭐?

"제대로 들었어. 네 말이 맞다고."

설마 인간이 자신의 말을 인정할 줄은 몰랐기에, 데스몬드의 고운 얼굴 위로 당황이라는 감정이 떠올랐다.

"하지만 그건 비단 인간만이 그런 것이 아니라는 걸 알아야 돼. 모든 생물은 모든 생태계에서 자기 자신이 기준이거든. 그야 척박한 야생에서 다른 존재의 기분이나 감정을 헤아릴 여유 따위는 없으니까."

-그런 식으로 포장을 해도…….

"포장이 아니라 진실이야. 그렇다면 반대로 물어보지. 너는 뱀파이어가 된 뒤로 인간들의 입장, 혹은 1층을 지키던 구울들의 입장에서 뭔가를 생각해 본 적이 있어?"

당연히 있을 리가 없었다.

데스몬드는 꿀 먹은 벙어리처럼 입을 꾹 다물었다.

"없겠지. 그야 당연해. 너의 기준점 역시 너였을 테니까."

-궤, 궤변이다……. 그렇게 말한다고 인간의 추악함이 사라지는 것은 아니니…….

혼란에 빠진 데스몬드는 아무 말이나 뱉어내기 시작했다.

카이는 조용히 손을 들어 그의 말을 중지시켰다.

"진짜 인간이 추악하다고 생각해? 그렇다면 네 어머니도 추악한 인간이었겠군."

-뭐, 뭐라? 감히!

난데없이 어머니에 대한 비난을 듣게 된 데스몬드가 씩씩거리며 펄쩍 뛰었다.

-세상의 모든 인간이 날 모멸하고 무시했지만 그분만큼은 나의 어머니만큼은 사랑으로 나를 키워주셨다. 나를 괴물처럼 보지도, 생각하지도 않으신 훌륭한 분이시란 말이다!

"그래. 그 훌륭한 어머니 또한 인간이지."

카이의 착 가라앉은 두 눈동자는 맑은 호수처럼 고요했다.

"세상에는 수많은 종류의 인간들이 있어. 너를 학대하고 못 살게 굴었던 마을 사람들. 그들만을 보고 인간 전체를 판단하는 건 심각한 일반화의 오류라고 할 수 있지."

-내가 봐온 대다수의 인간은 그런 놈들뿐이었다.

데스몬드는 더 이상 대화를 나눌 의지가 없다는 듯, 팔짱을

끼며 고개를 휙 돌렸다.

그 모습을 쳐다보던 카이가 피식 웃었다.

"완전히 우물 속에 갇힌 개구리네."

──……뭐라고?

"우물에 갇힌 개구리는 하늘을 동그란 형태의 작은 공간이라고 생각하지. 네가 보고 있는 하늘은 어떤 모양이지?"

할 말이 끝난 카이는 자리에서 일어나며 먼지를 털어냈다.

-잠깐.

데스몬드가 카이를 불러 세웠다.

-그래서 결국 날 불러낸 이유가 뭐지? 고작 그 말을 하기 위해서인가?

"물론 아니지. 난 너에게 선택의 기회를 주고 싶은 것뿐이야. 네가 살면서 느꼈던 생각을 부정하기 싫다면 그 뜻을 존중하지. 하지만 진짜 제대로 된 하늘을 보고 싶다면 말해."

-나는…….

혼란스러운 표정을 지은 데스몬드는 입술을 깨물었다. 그러기를 잠시, 그는 반항기가 가득한 눈빛으로 카이를 쳐다봤다.

-좋아. 네놈을 따라가서 인간들이 추악한 존재들이 맞다는 것을 다시 한번 확인하겠다. 만약 인간들이 내 인식을 바꾸지 못할 경우에는…….

"너의 영혼을 자유롭게 만들어주지."

거래가 성사되었다.

[흡혈왕 데스몬드를 빛의 전사로 영입했습니다.]
[영혼과 계약을 하여 빛의 전사로 만들었습니다.]
[흡혈왕 데스몬드는 인간이 어떤 존재인지를 알기 위해 당신을 따라다닐 것입니다.]
[스킬, '빛의 군단'을 획득합니다.]

'호오.'
설마하니 새로운 스킬까지 생길 줄이야.
카이는 곧장 스킬의 정보를 확인했다.

[빛의 군단 Lv. 1]
등급 : 유니크
영혼을 올바른 곳으로 인도하는 체란티아의 고유 기술. 빛의 전사로 계약을 마친 강력한 영혼을 소환할 수 있다
빛의 전사 한 명을 소환할 시, 초당 500의 신성력을 소모합니다.
계약 가능한 영혼 : 1/3

'드디어……'
빛의 군단은 체란티아를 강림시켰을 때만 사용할 수 있던

스킬. 허나 이제는 굳이 강림 스킬을 사용하지 않아도 되었다. 왜냐하면 자신만의 빛의 군단을 보유하게 되었으니까.

-흐음.

계약을 마친 데스몬드의 외형적인 부분이 살짝 변했다.

우선 유령처럼 반투명하던 몸은 생전처럼 실체를 가지게 되었다.

-내 옷을 돌려줄 수 있나?

카이는 고개를 끄덕이며 그의 예복을 돌려주었다. 예복을 장비한 데스몬드는 다시 봐도 뱀파이어 군주보다는, 미청년으로 보였다.

-……그리고 염치가 없지만 부탁이 하나 더 있다만.

"아이와 여자들에 관해서지?"

데스몬드가 살짝 놀란 표정을 지었다.

-어떻게 알았지?

"모를 리가 있나. 뱀파이어들을 쓰러뜨리면서 온 게 나니까. 마이클은 성 내부에 여자와 아이들도 있다고 했어. 하지만 내가 쓰러뜨린 적들 중에는 없었지."

-일족의 전사들이 싸우다 죽는 것은 신경 쓰지 않는다. 약자의 패배가 죽음으로 이어지는 것은 당연한 일이니까. 하지만 그들은…… 전사가 아닐뿐더러 지난바 힘도 미약하다. 부디 자비를 베풀어주기를 부탁하지.

자존심이 강한 데스몬드가 부탁이라는 말까지 입에 담았다. 애초에 사람이랑 똑같이 생긴 아이들을 죽이는 건 카이도 거부감을 느끼던 일.

"흠…… 좋아. 그 부탁을 들어주지. 대신, 너도 일 하나만 해줘야겠는데."

카이는 여전히 전투 중인 광장 쪽을 쳐다보며 말했다.

"크윽, 조금만 더 버텨!"

"팔이 떨어질 것 같다고! 젠장!"

뱀파이어 귀족들의 맹공을 버텨내던 발터가 우는 소리를 했다. 연신 레이피어로 뱀파이어들을 견제하던 설은영의 눈밑에도 다크써클이 짙게 내려온 상태였다.

'안 좋아.'

상황은 안 좋았다.

가이가 만들어낸 듀라한들은 분명 강력했지만, 뱀파이어 귀족의 수가 훨씬 많았다.

이제 남아 있는 듀라한의 수는 겨우 일곱. 상대적으로 약한 스켈레톤들은 진작 전멸한 상태였다.

'대체 언노운은 언제쯤……'

설은영은 아무리 힘들어도 누군가에게 쉽게 의지하는 편이 아니었다. 의지하고, 기대를 하게 되면 실망을 할 수도 있는 법이니까.

하지만 지금은 달랐다.

'언노운이라면 뭘 어떻게든 해줄 거야.'

근거 없는 믿음이었고, 신뢰였다. 언노운은 그 어떤 불리한 상황에서도 기적을 만들어내는 마술을 곧잘 부려냈다.

그것이 사람들이 그의 싸움에 열광하고, 막연한 기대를 품는 이유였다.

이번에도 마찬가지였다.

'데스몬드. 뱀파이어들의 군주.'

몬스터들의 도시를 통치하는 말도 안 되는 존재. 당연히 플레이어가 1대 1로 대결을 해서 이길 수 있는 존재라고는 생각되지 않는다.

하지만 그 플레이어가 언노운이라면?

설은영은 스스로도 어이가 없었지만, 그러면 이길 수 있을 것 같다고 생각했다.

그래서일까.

-모두 멈춰라.

촤아아아악!

데스몬드가 수백 마리의 박쥐가 만들어낸 발판을 타고 등장했을 때, 그녀는 누구보다 절망했다.

"아아……."

"결국 카이 녀석이 패배한 건가."

"어쩔 수 없지. 아무리 브로라도 레벨 차이가 이 정도나 나 버리면 이기는 게 이상한 거야."

일행들은 곧 다가올 죽음을 예상했다.

-모두 후퇴해라.

"……예?"

"데스몬드 님?"

뱀파이어 귀족들이 자신의 귀를 의심하며 재차 질문했다.

데스몬드가 붉은 눈빛으로 그들을 노려봤다.

-감히 내 입에서 같은 말을 두 번 나오게 할 셈이냐.

"아, 아닙니다."

"저희가 경솔했습니다."

군주의 분노를 사게 된 뱀파이어 귀족들은 아차한 표정을 짓더니 황급히 광장을 빠져나갔다.

"식섭 마무리를 지을 셈인가."

"악취미를 가진 배트맨이로군."

일행은 죽을 때는 죽더라도, 곱게 죽지는 않겠다는 듯 각자 의 무기를 꼬나쥐었다. 그 모습을 오만하게 내려다보던 데스몬 드가 한숨을 쉬며 말했다.

―……이제 됐나?

"아주 훌륭해. 연기 잘하는데?"

광장의 무너진 건물 틈새에서 한 줄기의 목소리가 흘러나왔다.

"카이!"

"오 마이 브로!"

카이의 등장에 일행들이 반색했다.

발터는 데스몬드를 경계하며 물었다.

"대체 어떻게 된 거야? 아직 승부가 안 난 거야?"

"아니. 내가 이겼어."

"……그런 것치고는 흡혈왕의 상태가 훨씬 더 좋아 보이는데?"

빛의 전사로 새롭게 태어난 데스몬드는 그 흔한 생채기 하나 보이지 않았다. 반면 바닥을 구르고 흙먼지를 뒤집어쓴 카이의 몰골은 말이 아니었다.

겉모습만 본다면 데스몬드가 가볍게 승리한 듯한 모습.

카이는 자신을 걱정스러운 표정으로 바라보는 일행들을 쳐다보며 부드럽게 말했다.

"던전, 클리어되었습니다."

다사다난했던 파티 사냥이 막을 내렸다.

To Be Continued